İtaatkar Şef ve diğer hikayeler

Erika Sanders
Seri
Hakimiyet ve erotik boyun eğme

özet

Bu kitap aşağıdaki öykülerden oluşmaktadır:
İtaatkar Şef
İhanete Uğramış
Üçlü Olmak Daha İyi

İtaatkar Şef, güçlü erotik BDSM içeriğine sahip bir roman ve yüksek romantik ve erotik BDSM içeriğine sahip bir roman serisi olan Erotik Hakimiyet koleksiyonuna ait yeni bir romandır .

(Tüm karakterler 18 yaş ve üzeridir)

Yazar hakkında not:

Erika Sanders, yirmiden fazla dile çevrilmiş, her zamanki düzyazısından uzak, en erotik yazılarına kızlık soyadıyla imza atan, uluslararası tanınmış bir yazardır.

Dizin

İTAATKAR ŞEF VE DİĞER HİKAYELER
ERIKA SANDERS

İTAATKAR ŞEF

BİRİNCİ BÖLÜM
KARŞILIKLI RIZA

BÖLÜM 1

Mektup bir lütuftu.

Gözyaşlarımı zar zor tutabildim.

Cristina aşçılık eğitimini yeni bitirmişti ve yeni catering işi zorlu bir başlangıç yapmıştı.

Küçük dairesinde durdu ve el yazısı mektubun her kelimesini gözden geçirdi.

Sevgili Cristina,

Umarım bu mektup sana ulaşır. Kusura bakmayın ama e-posta kullanmıyorum. Ve genellikle telefon görüşmelerinden hoşlanmam. Modam bitti.

Ben annenin tanığıyım. Birkaç hafta önce ortak bir arkadaşımızın partisinde kısa bir süre tanıştık. Annen birkaç kez tesadüfen catering işinden bahsetti. Bunu düşündüm ve kulağa ilginç geliyor. Daha önce hiç catering firması tutmamıştım.

Yeni bir müşteriyle ilgileniyorsanız benimle iletişime geçin, belki bir anlaşma yapabiliriz. Ben berbat bir aşçıyım. Ve senin çok iyi olduğunu duydum.

İşinizde en iyi dileklerimle ve iyi şanslar,

Paul

Sonunda düşündü. İyi şanslar ona doğru gelmeye başlamıştı.

BÖLÜM 2

Bir hafta sonra.

Cristina eski, yıpranmış arabasıyla zenginlerin mahallesinde geziniyordu.

Açıkça dikkat çekmişti ama umursamadı.

Potansiyel bir iş için bu mahallede bulunmaktan mutluydum.

Kendisine gösterdikleri adresin girişine park etti.

Paul'un neye benzediğine dair hiçbir fikrim yoktu.

Tek gerçek etkileşimleri, toplantıyı ayarlamak için yapılan kısa bir telefon görüşmesiydi.

Cristina kapıyı çaldı.

Yaşlı siyahi bir kadın cevap verdi.

Kadın hizmetçi kıyafeti giyiyordu.

Kadın birbirlerine bakarken tuhaf bir şekilde sessiz kaldı.

"Merhaba" dedi Cristina garip bir şekilde. "Paul'u görmeye geldim."

Yaşlı siyah kadın başını salladı.

"Buraya gel."

Cristina içeri girdi ve hizmetçi kapıyı kapattı.

Hizmetçi onu oldukça büyük bir evin merdivenlerine çıkardı.

Cristina kıskançlık dolu gözlerle etrafına baktı.

Her şey eski, karanlık ve rustikdi.

Her yerde antikalar vardı.

Duvarlarda klasik tablolar sergilendi.

Bir koridora geldiler ve önce kapıyı çalan hizmetçi kapıyı açtı.

Cristina içeri girdi, ardından hizmetçi çıktı.

Burası bir ofis odasıydı.

Paul masasının arkasında oturmuş çalışıyordu.

Yaklaşık 40 yaşlarında yakışıklı bir adamdı.

Yüzünde okunması imkansız taş gibi bir ifade vardı.

Yüzü poker için mükemmeldi.

Yüzü ifadesiz kaldı.

"Lütfen oturun" dedi.

Cristina onun varlığından ve kendisinin iş tecrübesi eksikliğinden korkmuştu.

Daha önce hiç anlaşma yapmamıştım.

Masasının önüne oturdu.

Bu işte yeni olmalısın " dedi.

"Neden öyle diyorsun?"

"İçeriye girdiğinde gergin olduğunu hissedebiliyordum. Rahatlamaya çalışmalısın. Merak etme, ihtiyacın olan her konuda sana yardım etmek için buradayım."

Tuhaf bir gülümseme sundu.

"Bunu aklımda tutacağım."

"Tamam. Şimdi bana catering işinden bahset."

Biraz düşündükten sonra, "Eh, hâlâ oldukça yeni," dedi. "Özel tercihlerinize göre yemek hazırlayabilirim. Bir parti için yemek hizmetine ihtiyacınız varsa ek kişileri işe alabilirim . Aşçılık okulundan birçok arkadaşım var."

"Buna gerek kalmayacak. Yalnız çalışmanı tercih ederim. Bu şekilde daha az sorun olur."

Cristina başını salladı.

"Sanırım yalnız yaşıyorsun ve sana yemek hazırlamamı istiyorsun?"

"Çok zeki."

"Aklınızda özel bir anlaşma var mıydı?"

"Duruma göre değişir" diye yanıtladı Paul. "Meşgul müsün? Meşgul müsün?"

Ona utangaç bir gülümsemeyle karşılık verdi.

"Aksine. Sen benim ilk gerçek müşterimsin. Orada burada küçük şeyler yaptım. Özellikle de bana iyilik yapan annemin arkadaşları için."

"Ücretsiz iş tavsiyesi mi istiyorsunuz? Asla bir zayıf noktanızı açığa vurmayın. Kulağa hoş gelmiyor."

"Ah, elbette. Hatırlayacağım."

"Anlaşmaya gelince," diye yanıtladı Paul. "Bana yemek hazırlayabilir misin? Öğle ve akşam yemeği."

"Elbette. Bu sorun olmayacak."

"Mükemmel. Yemeklerin evime sabah tam 11:30'da teslim edilmesini istiyorum. Pazartesiden cumaya."

"Elbette" diye kabul etti.

"Bu anlaşma en azından önümüzdeki birkaç ay sürecek. Herhangi birimizin anlaşmayı istediği zaman iptal etme seçeneği var. Anladın mı?"

"Evet anladım."

"Harika."

"Herhangi bir yemek tercihiniz var mı?" Cristina sordu. "Uzmanlık alanlarım arasında Fransız, İtalyan ve farklı Asya tarzları yer alıyor..."

Kafasını salladı.

"Bunun bir önemi yok. Onu zamanında getir yeter."

"Kuyu."

"Şimdi rakamları tartışalım. Günde 100 dolar sana nasıl geliyor? Adil mi?"

Cristina'nın gözleri büyüdü.

Teklif edilen iş ve miktar beklediğimden çok daha fazlaydı.

Yüzündeki köpek yavrusu ifadesiyle aptal gibi görünmesi gerektiğini fark etti ve bu yüzden soğukkanlılığını yeniden kazandı.

"Bu kulağa mantıklı geliyor" diye yanıtladı sakince. "Evet, bu iyi."

"O halde mesele halledildi. Yarın başlayabilir misin?"

"Sorun değil. Ama önce benim yemeklerimi denemek istemediğinden emin misin?"

"Açıkçası yemeğin tadı umurumda değil. Aşçılık okuluna gittin. Bu benim için yeterli. Çalışırken yemek konusunda endişelenmek istemiyorum."

Cristina başını salladı.

"Tamam. Anladım. Ne yaptığınızı sorabilir miyim? Eviniz çok güzel. Rustik havayı seviyorum."

"Hayatımda birçok şey yaptım. Bu aralar sanat simsarıyım. Aynı zamanda nadir antikalarla da uğraşıyorum. Şu anda yazılarıma odaklanıyorum."

"Ne yazarsın?" diye sordu.

"Bir anı. Ünlü ya da önemli biri olduğumu iddia etmiyorum. Ama paylaşacak bazı hikayelerim var. Bunları kimse duymasa çok yazık olur. Ayrıca bazı kurgu kitapları üzerinde çalışıyorum."

"Ah, kulağa ilginç geliyor. Belki bir gün onları okuyabilirim. Biyografileri ve anıları okumayı seviyorum."

Paul hafifçe gülümsedi.

"İlginizi çekeceğini sanmıyorum."

"Neden?"

"Bu bir tahmin. Ama kim bilir? Bazen bu konularda yanılıyorum."

"Tamam," Cristina beceriksizce başını salladı.

Paul ayağa kalktı ve Cristina'ya doğru yürüdü.

O da anladı ve ayağa kalktı.

Paul ondan neredeyse bir adım daha uzundu.

Fiziği Cristina'nın ince, minyon vücudunun üzerinde yükseliyordu.

Elini uzattı ve el sıkıştılar.

"Resmi olarak bir anlaşmamız var" dedi. "İlk öğünü yarın sabah 11.30'da bekliyorum. Geç kalmayın. Ben itaatsizliğe tahammülüm yok."

Yuttu.

"Evet efendim."

BÖLÜM 3

Cristina hâlâ Paul'le yaptığı görüşmeden etkilenmişti.

Yatağa uzanıp tavana baktı.

Teklif gerçek olamayacak kadar iyi görünüyordu.

Neredeyse inanılmazdı.

Ama bunun acımasız bir şaka olmasından korkuyordum, diye düşündüm.

Telefonunu alıp annesini aradı.

Annesi her zaman aramalarına yalnızca birkaç çalışta cevap verirdi.

Telefona cevap verdiğinde Cristina hiç vakit kaybetmedi ve ona her şeyi anlattı.

Hiçbir ayrıntıdan kaçınılmadı.

Cristina annesine teklifle ilgili her şeyi ve Paul'la tanıştığında hissettiği tüm duyguları anlattı.

"Bu harika" diye yanıtladı annesi.

"Biliyorum. Biraz çılgınca, değil mi? Ama paran elime geçene kadar bunların hiçbirine inanmayacağım. O zamana kadar en kötüsünü hayal ediyorum."

"Olumlu düşüncelere odaklan Cristina. İşin sonunda iyiye gidiyor."

"Umarım öyledir. Yani iki öğün yemek için günde 100 dolar mı? Gelecek hafta beni kovsa bile bu kadar para kazandığım için yine de mutlu olacağım."

"Bunun için endişelenmem."

"Ne demek istiyorsun?" Cristina sordu.

"Görünüşe göre Paul'un iyi bir mali rezervi var."

"Fark ettim. Evi müze gibiydi."

"İşte bu kadar. Mali durumunun kuruması konusunda endişelenmenize gerek yok. Onu harika yemeklerle, harika servisle mutlu edin ve geç kalmayın."

"O adam hakkında ne biliyorsun?" Cristina daha ciddi bir ses tonuyla sordu. "Biraz tuhaf görünüyor, değil mi?"

Annesi bir an düşündü.

"Her nasılsa. Onunla yalnızca bir kez bir partide tanıştım. Çok akıllı bir adam. Saçmalık değil. Açık sözlü."

Cristina, "Kesinlikle o" diye şaka yaptı.

"Yine de onu hafife alma. Görünüşe göre hanımların sevgilisi."

"Gerçekten mi?"

"Ben de öyle duydum. Onun karşı konulamaz çekiciliğinden uzak durduğunuzdan emin olun," diye şaka yaptı.

Cristina "Çok komik" diye yanıt verdi. "Ama kesinlikle benim tipim değil. Çok yaşlı. Ve çok sıkıcı."

"İşinizin harika bir başlangıç yapmasına sevindim."

"Göreceğiz."

"Olumlu düşüncelere odaklan Cristina."

BÖLÜM 4

Haftalar geçti.

Cristina zaten Paul için düzinelerce yemek hazırlamıştı.

Ve bu süre zarfında binlerce dolar kazanmıştı.

Günlük rutin hep aynıydı.

Sabah erken kalk.

Aşçı.

Her şeyi dikkatlice kaplara yerleştirin.

Sabah 11:30'dan önce onu Paul'un evine götürün.

Asla geç kalmayın.

Ve asla itaatsizlik etmeyin.

Bir gün Cristina'dan getirdiği öğle yemeğini mutfakta bir tabakta hazırlaması istendi.

Yani o yaptı.

Paul'ün mutfağında ilk kez görev yapıyordum.

Yemeğiyle gurur duyuyordu.

Paul ona bu konuda asla iltifat etmemiş olmasına rağmen tadının güzel olduğunu biliyordu.

Günlük kıyafetleriyle merdivenlerden indi.

Yüzü her zamanki gibi neredeyse ifadesizdi.

Yemek masasında sunulan yemeğe baktı ve yorum yapma zahmetine girmedi.

"Şimdi gitmeli miyim?" Cristina garip bir şekilde sordu.

"Biraz durun. Size sormak istediğim bir şey var."

"Kuyu."

Paul yemek masasında otururken Cristina ayakta kaldı.

"Başka hangi hizmetleri sunuyorsunuz?" diye sordu. "Yemek yapmanın yanı sıra."

Cristina şaşırdı ve olduğu yerde kaldı.

Kendini daha fazla ilerlemeye hazırladı.

Cinsel tacize hazırlıklıydım.

"Dürüst catering hizmeti veriyorum. Gurme yemekler pişiriyorum. Hepsi bu. Başka hizmet arıyorsanız başka yere bakmanızı öneririm."

"Ve neden böyle?" diye sordu sertçe.

"Açıkçası sen benim tipim değilsin."

"Sen de benim tipim değilsin."

Daha da kırgın hissetti.

"Bakın, sanırım anlaşmamız iyi gidiyor. Böyle devam edelim. Başka hiçbir şey işe yaramayacak."

"Cinsel iyilik istediğimi mi sanıyorsun?" diye sordu.

Cristina dondu.

"Bu böyle değil mi?"

"İnanmıyorum."

Yüzü pancar kırmızısına döndü.

"Ah, özür dilerim efendim."

"Unut gitsin" diye yanıtladı. "Hizmetçim yakında emekli olacağı için soruyorum. Fazladan zamanın varsa belki bana temizlik işlerimde yardım edebilirsin."

"Ne yapmalıyım?"

"Zor bir şey yok. Bulaşıkları temizle. Her şeyi temiz tut."

"Bunu düşünmem gerekecek."

"Elbette iyi bir tazminat alacaksınız" diye yanıtladı. "Ve merak etme, senden seks istemeyeceğim. Sen benim tipim değilsin."

Yine kızardı.

"Daha önce olanlar için özür dilerim. Ama bunu değerlendireceğim. Neden olmasın?"

"Lütfen teklifi değerlendirin. İşim sorunsuz gidiyor ve ev bakımı konusunda biraz yardım ederseniz sevinirim."

"Pek dışarı çıkmıyorsun değil mi?"

"Zaten dünyayı dolaştım ve her şeyi gördüm" diye yanıt verdi. "Hayatımın bu bölümünde yazmaya odaklanıyorum. Bazen dışarı çıkıyorum. Hala egzersiz yapmayı seviyorum. Ama ev işleri konusunda endişelenmek istemiyorum. Yetenekli bir genç kadına benziyorsun, bu yüzden sana teklif ediyorum ekstra iş."

Cristina başını salladı.

"Çok cömertsin."

"Ekstra parayla kendine yeni bir gardırop ve yeni bir araba alabilirsin."

Bu yoruma biraz üzüldü.

"Anlıyorum. Paraya ihtiyacım var. Bunu yüzüme vurmana gerek yok."

"Bunu yapmaya çalışmıyordum."

"Tamam. Yapacağım. Senin için ekstra temizlik işleri yapacağım."

"Mükemmel" dedi nadir bir gülümsemeyle. "Daha sonra konuyu tartışacağız."

Paul'un yanına yürüdü ve tokalaşmak için elini uzattı.

Paul bir beyefendi gibi ayağa kalktı ve onun elini sıktı.

Anlaşma imzalandı.

İKİNCİ BÖLÜM
KAPALI KAPI

20

BÖLÜM 5

Cristina bazı küçük işler için başka müşteriler bulmayı başardı.

Ancak işinin çoğunu Paul için yapmıştı.

Haftanın her günü yemeklerini hazırlıyordu.

Zamanla onun için daha fazla iş yapmaya başladı.

Biraz ekstra para karşılığında küçük temizlik işleri yaptı.

Konu ev işi olduğunda Cristina her zaman dağınık bir insan olmuştu, bu yüzden ev işlerini başkası için yapıyor olmasını ironik buluyordu.

Ama parası iyiydi, bu yüzden umursamadı.

belli bir şekilde temizlenmesi ve düzenlenmesi gerekiyordu .

Pencerelerin tertemiz olması gerekiyordu.

Mobilyaların tozdan arındırılmış olması gerekiyordu.

Paul yerleri kendisi temizledi.

Paul çok özel bir insandı.

Ve bu özellikler Cristina'yı bazen deli ediyordu.

Ama para iyiydi.

Bir bakıma Cristina, Paul'e yardım etmekten gurur duyuyordu.

Garip bir şekilde, Paul'ün kitaplarını yazabilme hedefine ulaşmasına yardımcı olduğumu hissettim.

Bir insan olarak onunla ilgileniyordu.

BÖLÜM 6

Yemek masası düzenliydi.

Öğle yemeği hazırdı.

Cristina tabağa baktı ve güzel çalışmasına hayran kaldı.

Aşçılık okulu buna değmişti.

Paul hiç iltifat etmese de Paul'ün bunu denemesini bekleyemedi.

Paul akşam yemeğine olağandışı bir şekilde geç kalmıştı.

Asla gecikmezdi.

Üst kattaki kapı hafifçe açıktı ve Cristina öfkeyle kullanılan klavyeyi dinliyordu.

Onun hâlâ meşgul olduğunu biliyordu.

Merdivenlere doğru yürüdü ve onu çağırıp çağırmaması gerektiğini düşündü.

İşine ara vermek istemiyordu.

Ama Paul'un düzene ihtiyacı olan bir adam olduğunu biliyordu.

Belki zamanın nasıl geçtiğini anlamadın mı?

Sonra onu gördü.

Merdivenin yakınındaki kapı açıktı, hafifçe aralıktı.

Paul'ün yasak olduğunu söylediği bir odaydı.

Paul o oda dışındaki tüm odaları temizlememi istedi.

Cristina'nın merakı doruğa ulaştı.

Paul'ün üst katta yazdığını hâlâ duyabiliyordum.

Gizli odaya bir göz atmak istedi.

Ne kadar küçük olursa olsun Paul'un küçük sırlarını bilmek istedim .

Onunla ilgileniyordu.

Haftalardır hizmet ettiği adamla ilgileniyordu.

Kapıya doğru birkaç sakin adım attı.

Kafasını içeriye uzattı.

Oda karanlıktı.

Işığı açtı ve oda pırıl pırıl aydınlandı.

Cristina'yı şaşırtacak şekilde yatak odası evin en az zarif yeriydi.

Ama her şey antikalara benziyordu.

İçeri girip etrafına baktı.

Çeşitli ahşap ve metal cihazlar vardı.

Tasarımlar orta çağdan kalma gibi görünüyordu.

Cihazlar bir kişinin oturabileceği veya uzanabileceği kadar büyük görünüyordu.

Duvarda birkaç kırbaç ve zincir asılıydı.

Yakındaki bir masanın üzerinde birçok ip vardı.

Cristina metal bir cihaza dokunmak için parmağını kullandı.

Parmağını ona verdi ve ona baktı.

Parmağının ucu ince bir toz tabakasıyla kaplıydı.

Oda uzun süredir kullanılmıyordu.

Paul arkadan "Burada olmamalısın" dedi.

Cristina onun sesine hazırlıksız yakalandı ve atladı.

Arkasını döndüğünde Paul'un kapının yanında durduğunu gördü.

"Üzgünüm."

"Bu odanın görevlerinizin dışında olduğunu söylememiş miydim?" diye sordu, gelişigüzel bir şekilde içeriye doğru yürürken.

"Biliyorum. Ama açıktı ve merak ettim. Belki temizlememi istersin diye düşündüm."

"Hayır. Daha sonra kendim temizlemeyi planlıyordum."

Cristina yutkundu.

"Yemeğiniz hazır. Hava soğumaya başlıyor."

"Bekleyebilir" diye yanıtladı ve cihazlara bakmak için odaya girdi . "Bütün bunların neyle ilgili olduğunu merak etmelisin."

"Bir ortaçağ işkence odasına benziyor."

"Neredeyse haklısın. Bunlardan bazıları yüzyıllar önce, orta çağda inşa edilmiş. Ama mutlaka işkence için olması gerekmiyor."

"Peki ne için?"

"Zevk. Cinsel zevk," diye açıkça yanıtladı.

Cristina şaşırmıştı.

"Nasıl olduğunu hayal edemiyorum. Bu şeyler çok acı verici görünüyor."

"Mesele de bu."

"Yani bunlar temelde köleleştirme araçları mı?"

Onayladı.

"Bu fetişler yüzyıllardır ortalıkta dolaşıyor. Bu cihazların kraliyet aileleri ve soylular için yapıldığına inanabiliyor musunuz?"

"Hiç şaşırmazdım. Zenginlerin çoğu biraz ahlaksızdır."

Bir kaşını kaldırdı.

"Buna beni de kapsıyor mu?"

"Ah, hayır, seni kastetmedim," diye hızla geri çekildi.

"Sadece şaka yapıyordum."

Cristina rahatladı.

"Elbette. Peki neden bütün bunlar bu odada kilitli? Neden onları bir müzeye falan satmıyorsun?"

"Belki bir gün. Ama şimdilik kitabımda bunları yazıyorum. Fotoğraflarını da çekmeyi planlıyordum. Bu yüzden oda açıktı."

"Kitabınız ilginç olmalı."

"Umarım öyledir" diye yanıtladı. "Seks hakkında yazıyorum. Cinsel tahakküm ve kölelik türü."

Cristina kaşlarını kaldırdı.

"Gerçekten mi? Bu tür şeyleri yapabilecek tipte bir adama benzemiyorsun."

"Peki nasıl bir adama benziyorum?"

"Bilmiyorum. Yumuşak. Çilek. Alınmayın."

"Alınma," diye yanıtladı. "Yıllar önce çok farklı bir insandım. Her zaman bu kadar münzevi değildim."

"Ne değişti?"

Paul parmaklarını metal bir cihaza sürttü.

"Uzun bir hikaye. Kitabımı yazmayı bitirdiğimde okuyabilirsiniz."

"Peki, bunu sabırsızlıkla bekliyorum. Anlaşılan anlatacak ilginç hikayelerin var."

"Ustanın ne olduğunu biliyor musun?" diye sordu.

"Sadece temel bilgiler" diye omuz silkti. "Kadınlara patronluk taslayan bir adam. Kırbaçlar. Zincirler. Şaplaklar. Bu tür bir şey, değil mi?"

"Bir bakıma. Birçok itaatkâr kadının Üstadı oldum. Karanlık arzuları olan güzel kadınlar."

"Onlara vurdun mu?" merakla sordu.

"Bazen."

"Bu cihazların nesi var?" diye sordu. "Onları hiç kölelerin üzerinde kullandın mı?"

"Ara sıra. Ama yöntemler önemli değil. Bunun şaplak ya da cihazlarla alakası yok. Teslim olmakla ilgili. Bana bedenlerini veriyorlar. Ben de onlarla ne istersem onu yapıyorum. Sonuçta zevkler karşılıklı."

Cristina bir an sessiz kaldı.

Paul'ün gözlerinin içine baktı ve söylediği her kelimenin doğru olduğunu biliyordu.

Bunun Paul'un deneyim sahibi olduğu bir şey olduğunu biliyordu.

Bunun Paul'ün yeniden yapmayı arzuladığı bir şey olduğunu biliyordu.

"Yemeğiniz soğuyor" dedi.

"Tek umursadığın bu mu?"

Bir an dondu.

"Eh, beni yemek işi için işe aldın, değil mi?"

"Sen akıllı bir kızsın." dedi hafif bir gülümsemeyle. "Senden hoşlanmaya başlıyorum."

Paul yanına geldi ve Cristina'nın omzuna dostça bir öpücük verdi.

Daha sonra arkasını döndü ve odadan çıktı, bu sırada Cristina bu garip karşılaşma yüzünden kafası karışmıştı.

Onu yemek odasına kadar takip etti ve yemek yemesini izledi.

BÖLÜM 7

Aynı gecenin ilerleyen saatlerinde.

Bu, Cristina'nın son birkaç aydır gelmesinden korktuğu telefon görüşmesiydi.

"Gibi?!" Cristina sordu.

Annesi, "Sonunda zamanı geldi" diye yanıtladı. "Baban ve ben artık seni maddi olarak desteklemeyeceğiz. Kendi başının çaresine bakabilecek yaşta olduğunu düşünüyoruz."

"Şehirde yaşamanın pahalı olduğunun farkındasın değil mi?"

"Tatlım, kimse seni şehirde yaşamaya zorlamıyor. Her zaman evine daha yakın bir yere taşınabilir ve yaşamak için daha ucuz bir yer bulabilirsin."

"Hayır, teşekkür ederim," diye içini çekti Cristina.

"Neden bu kadar şaşırdığını bilmiyorum. Son birkaç aydır seni uyarıyordum. Ben senin yaşındayken, ben..."

"Zaman değişti anne. Haberleri gördün mü? Ekonomik durum zor. Hayat pahalılığı çok yüksek"

Annesi, "Ama işiniz iyiye gidiyor" diye yanıtladı.

"Neredeyse."

"Başarılı olmak istiyorsanız iş konusunda biraz daha anlayışlı olmanız gerekiyor. Şehirde çok fazla potansiyel müşteri var. Tek yapmanız gereken onları bulmak. Sen harika bir aşçı ve iyi bir insansın. Sana güveniyorum. sen, Cristina."

"Evet, haklısın. Parti ikramlarına ihtiyaçları olup olmadığını öğrenmek için birkaç şirketle iletişime geçmeyi düşünüyordum."

Annesi gururla "Bu girişimci ruhtur" diye yanıtladı.

"Keşke hayat bu kadar kolay olsaydı."

"İyi şeyler ısrarcı olduğunda gelir. Bahsi gelmişken, hâlâ Paul'la mı çalışıyorsun? Nasıl gidiyor?"

Cristina belli belirsiz, "İyi gidiyor," dedi.

"Ee? İşte bu kadar? İlginç bir ayrıntı var mı?"

"Pek sayılmaz. Haftanın beş günü ona yemek pişiriyorum . Verdiğim hizmet karşılığında bana çok para ödüyor. Biraz tuhaf bir adam."

"Bakın kim konuşuyor," diye şaka yaptı annesi.

"Eğlenceli."

"Şaka yapıyorum. Haklısın. Paul biraz mesafeli görünüyor. Ama yine de akıllı bir adam."

Cristina, "Kesinlikle ilginç bir insan" diye yanıt verdi. "Ve beni işe alıyor. Bu yüzden şikayet edemem."

"Sen de yapmamalısın. Eğer işletmenizin büyümesini istiyorsanız müşterilerinizi her zaman memnun bırakmalısınız. Bu benim için her zaman işe yaradı."

Cristina bir an durdu.

"Biliyor musun, bana bir fikir verdin."

"Bu sesin hoşuma gittiğinden emin değilim."

"Teşekkür ederim anne. Sen en iyisisin."

"Pekala, kendine iyi bak Cristina. Seni her zaman destekliyorum. Seni seviyorum."

"Ben de seni seviyorum anne."

Görüşme bittikten sonra Cristina'da kararlılık duygusu oluştu.

Anne ve babasının yardımı olmadan başarılı olmaya kararlıydı.

BÖLÜM 8

Sonraki gün.

Paul öğle yemeğini yerken Cristina dikkatle bekledi.

Mutfağı temizledi ve onun için bazı ev işleriyle ilgilendi.

Paul yemeğini bitirdiğinde yemek odasına döndü ve tabağı ondan aldı.

Paul ayrılmaya fırsat bulamadan, saygılı bir duruşla yemek masasının önünde durdu.

Cristina ellerini kavuşturarak, "Düşünüyordum" dedi. "Bu düzenleme gerçekten işe yaradı. Yemeklerinin ve ev işlerinin çoğuyla ben ilgileniyorum , böylece sen de işine odaklanabilirsin."

Paul bir teklifin geleceğini bilerek arkasına yaslandı.

"Katılıyorum. Bu iyi çalışıyor. Beklediğimden daha iyi."

"Peki, buradaki görevlerimi genişletmek istesem nasıl hissederdin? Elbette ekstra para karşılığında."

"Sen zaten ihtiyacım olandan fazlasını yapıyorsun. Ben de sana zaten son derece cömert bir maaş ödüyorum."

Cristina kibarca "Bunu takdir ediyorum" dedi. "Ama senin için daha çok şey yapsaydım daha çok faydan olurdu. Bir kadının dokunuşu bekar bir erkeğe her zaman faydalıdır."

Paul bir an düşündü.

"İlginç bir nokta. Devam edin."

"Eminim senin için yapabileceğim birçok şey vardır."

"Ne gibi?"

Cristina bir an düşünceli davrandı.

"Eh, bu sana kalmış. Belki kilitli odadaki şu cihazları temizleyebilirim. O oda tozluydu. Biraz daha temizlik işi yapabilirim. Ve belki senin için bir parti verebilirim."

"Neden birdenbire daha fazla parayla bu kadar ilgilenmeye başladın?" Paul sordu.

"Bence bir kadının dokunuşundan yararlanabilirsiniz. Verebileceğiniz tüm partileri düşünün. İnsanlar yemeklere bayılır. Sosyal hayatınız harika olurdu."

"Bana gerçeği söyle. Neden fazladan paraya ihtiyacın var?"

Cristina bir an durakladı.

"Annemle babam bana daha fazla nakit vermeyecekler. Ayrıca bu kasabadaki kiralar çok yüksek. Burada yapmamı istediğin başka bir şey varsa, memnuniyetle yaparım."

Paul anlayışla başını salladı.

"Seni bir insan olarak seviyorum, Cristina. Çok çalışıyorsun ve bunu yaparken eğleniyorsun. Ama sana bedava para vermeyeceğim, özellikle de sana zaten yüklü miktarda para ödüyorken."

"Anlıyorum," diye yanıt verdi Cristina, üzüntüsünü bastırmaya çalışarak. "Yine de beni dinlediğiniz için teşekkür ederim. Yarın döneceğim."

"Henüz son noktama ulaşmadım" diye ekledi. "Bir şey düşünmeye çalışacağım. Becerilerinize ve niteliklerinize uygun bir şey. Bir şey bulduğumda size haber vereceğim ve bunun için ödüllendirileceksiniz. Bu kulağa adil geliyor mu?"

Güldü.

"Kulağa harika geliyor".

BÖLÜM 9

Günler geçti.

Paul asla bir teklifte bulunmadı.

Cristina ona hiç sormadı çünkü rahatsız etmek istemiyordu.

Her zamanki gibi Paul'ün öğle yemeğini hazırladı.

Paul yemek odasına her zamankinden daha erken indi.

Cristina hâlâ her şeyi hazırlarken o oturup bekledi.

Cristina yemek tabağını getirdiğinde "Güzel görünüyor" dedi .

Onu tebrik etmesi gerçekten tuhaf bir an gibi geldi.

"Teşekkür ederim. Bu kızarmış kuzu eti, yanında pişmiş sebze."

Paul onun yanına bir sandalye çekti.

"Otur. Seninle tartışmak istediğim bir şey var."

Cristina oturup onun söyleyeceklerini bekledi.

"Daha fazla çalışma talebinizi düşündüm" dedi. "Özellikle buralarda kadınsı bir dokunuşa duyulan ihtiyaç konusunda. Neyse, hemen konuya gireceğim, sizinkilerden bazılarını yazılarıma ilham kaynağı olarak kullanabilirim."

"İlham mı? Nasıl yani?"

"Belki bana poz verebilirsin. Son zamanlarda yazma tıkanıklığıyla mücadele ediyorum ve bakılacak bir şeyin yardımı olabilir."

Cristina endişeli bir ifade sergiledi.

"Senin için parti falan vermemi istemediğinden emin misin? Bu muhtemelen daha işe yarar."

"Parti vermekle ilgilenmiyorum" diye yanıtladı, sandalyesine yaslanarak. "Özür dilerim, sadece sordum. Uygunsuzdu."

Bir an düşündü.

"Ne kadar para teklif edersin?"

"Her şey bağlıdır."

"İle ilgili?"

"Yapacağınız işin" dedi. "Daha önce hiç model tutmadım. Ama bunun yazılarıma yardımcı olacağını biliyorum."

"Ah, peki, bunu aklımda tutacağım."

"Yapma. Sormak bir hataydı. Sakıncası yoksa şimdi yemek istiyorum. Daha sonra yapacak başka işlerim var."

"Yapacağım!" Cristina bağırdı.

"O?"

"Bana teklif ettiğin modellik işi. Kimse bilmeyecek, değil mi? Kesinlikle aramızda kalacak, değil mi?"

"Doğru" diye kabul etti. "Bununla ilgili herhangi bir kayıt olmayacak. Sadece ilhama ihtiyacım var."

"İlgilenirim."

Paul hafifçe içini çekti.

"Anladığını sanmıyorum. Teklifimde aceleci davrandım. Zevklerimin sana uygun olduğunu düşünmüyorum."

"Neden?"

"Çünkü hakimiyet odasında çok rahatsız görünüyordun."

Cristina biraz şaşırmıştı.

Aniden Paul'ün tahakküm hikayeleri için ilham aradığını fark etti.

Ama ne olursa olsun parayı düşünüyordu.

"Bu konuda rahat olmayı öğrenebilirim" diye yanıt verdi. "Bana sadece zaman ver. Kimse bilmediği sürece sorun olmaz."

Paul ona uzun, şüpheci bir bakış attı.

"Nasıl istersen. Yarın sabah sekiz buçukta buraya gel. O andan itibaren her şeyi hallederiz."

"Teşekkür ederim."

Cristina ayağa kalktı ve tokalaşmak için elini uzattı.

Paul uzanıp onun elini sıktı.

BÖLÜM 10

Aynı gecenin ilerleyen saatlerinde.

Cristina mutfakta ertesi gün için yemek hazırlıyordu.

Paul onun sabah sekiz buçukta orada olmasını beklediği için ertesi gün bunu yapmaya vakti olmayacağını biliyordu.

Her şey hazırlandıktan sonra Cristina aynaya baktı.

Paul'e modellik yapacak kadar güzel olup olmadığını merak etti.

Odada ne tür sürprizlerin olduğunu merak etti.

Tatlı olsun ya da olmasın.

Ve ne kadar paradan bahsettiğimizi merak etti.

Paul mali ödemeler konusunda her zaman cömert davranmıştı.

Hepsinden önemlisi, Paul'ün ne kadar hakimiyet görmek istediğini merak ediyordu.

Cristina'nın rasyonel tarafı durumu kontrol altına aldı: para iyidir.

Ve bunu hiç kimse bilmeyecek.

Paul'la olan küçük sırrım.

Soyundu ve yatak odası aynasının önünde güzel kıyafetler denedi.

Sonunda sade, sarı bir elbiseye karar verdi.

Pek açıklayıcı değildi.

Ayrıca pek de erdemli biri değildi.

Sağ ortaydı.

Saçlarını taradı ve ne kadar makyaj yapması gerektiğini düşündü.

Bu yüzden bunu yapmamaya karar verdi.

Bu durumu çok garip hale getirir.

Her şey hazırdı.

İşe hazırdı.

BÖLÜM 11

Ertesi günün sabahı.

Cristina sekizi çeyrek geçe Paul'ün evine geldi.

Önceden hazırlandığından emin olmak istiyordu.

Sarı elbisesini giymişti.

Saçları özenle taranmıştı ve yüzü makyajsızdı.

Zaten doğal olarak güzeldi.

Cristina yiyecek kaplarını mutfaktaki buzdolabına yerleştirdikten sonra, birlikte özel odada ahşap eşyaların üzerine oturdular.

"Aklında ne var?" Cristina sordu.

"Duruma göre değişir. Sınırlarınız neler?"

Cristina omuzlarını silkti.

"Bilmiyorum. Daha önce hiç böyle bir şey yapmamıştım."

"O zaman öğrensek iyi olur sanırım."

Cristina'nın gözleri kısa bir süreliğine tekrar odayı taradı.

Evin en sıkıcı odasıydı.

Duvarlar pürüzsüzdü.

Ancak çeşitli boyut ve şekillerde eski cihazlar vardı.

Hepsi çok korkutucu görünüyordu.

"Ben açık fikirli olacağım" dedi. "Ama acıdan hoşlanmıyorum. Ve beni çok hızlı zorlamanı istemiyorum . Acele etmeye gerek yok. Tamam mı?"

Onayladı.

"Açık söylediğin için teşekkür ederim. Benim çok sabırlı bir adam olduğumu bilmelisin. Bunu yıllardır sayısız itaatkar kadınla yaptım. O hazır olmadığı sürece asla daha fazla zorlamam."

Bu sözler Cristina'nın omürgasında tuhaf bir duygu uyandırdı.

"İtaatkâr kadınlar" tabirini düşünmeden duramadım.

Bir anda kendisinin de o 'itaatkâr kadınlarla' aynı konumda olabileceğini fark etti.

"Tamam," diye başını salladı. "Teşekkür ederim. Peki nasıl başlamalıyız?"

Paul ayağa kalktı ve odanın içinde yavaşça dolaşarak cihazların her birine baktı, Cristina ise ağırbaşlı bir pozisyonda oturuyordu.

Her cihaza Cristina'yı tedirgin edecek şekilde bakıyordu.

"Daha önce hiç bağlandın mı?" Paul sordu.

Cristina başını salladı.

"Belli ki değil."

"Olmak istermisin?"

"Bilmiyorum."

Ahşap masayı işaret etti.

"Neden denemiyorsun?"

"Bilmiyorum" dedi tedirginlikle omuz silkti.

"Bu senin için çok mu fazla? İlham almak için bir şeyler görmem gerekiyor. Seni orada otururken izlemenin bana pek bir faydası olmayacak."

Cristina yavaşça ayağa kalktı ve derin bir nefes aldı.

"Ne istersen yapacağım."

"Emin misin? Cristina, rahat olmadığın bir şeyi yapmanı istemiyorum. Sana ödeme yapmanın başka yollarını bulabilirim."

Derin bir nefes daha aldı.

"Hayır, eminim. Modellik konusunda anlaşmaya vardık ve ilerlemeye niyetliyim."

"Emin misin?"

"Evet tamamen."

Paul tahta masayı işaret ederek, "O halde uzan," dedi.

Masa acı verici derecede rahatsız görünüyordu.

Eski ve rustik görünüyordu.

Ancak bir kişinin rahatlıkla üzerine uzanabileceği kadar alçaktı.

Masanın her iki yanında Cristina'ya rahatsızlık veren eski metal çubuklar vardı.

Duygularını bir kenara bırakarak masaya yaslandı.

Beklediği gibi acı verici ve rahatsız ediciydi.

Masanın zevk için değil işkence için tasarlandığına inanıyordu.

Bir insanın böyle bir şeyden nasıl zevk alabileceğini merak etti.

Masanın ortasına uzanıp doğrudan tavana baktı.

Başının üzerinde durarak, "Bileklerinizi bağlayacağım" dedi.

Paul'ün yanında duran siluetine bakarken bir süre sessiz kaldı.

"Tamam," diye yanıtladı, bileklerini havaya kaldırarak. "İleri."

Paul nazikçe onun bileklerini tuttu ve onları masanın üzerindeki metal çubuğa götürdü.

Bar beklediği gibi soğuktu.

çubuğun çok uzun zaman önce, modern makinelerden önce yapıldığının işaretiydi .

Bileklerinin kalın bir iple bara bağlandığını hissetti.

Cristina bakma zahmetine girmedi.

Gözlerini tavanda tuttu.

"Acıtmak?" diye sordu.

"İyi değilim."

Ayak sesleri odanın her yerinde duyuldu.

Cristina, Paul'e bakma zahmetine girmedi.

Ama Paul'ün ne düşündüğünü merak ediyordu.

Onu güzel bir elbiseyle, bilekleri bağlı görmek Paul için heyecan verici olmalı, diye düşündü.

"Bir daha söyle" dedi. "Sınırınız nedir?"

Yuttu.

"Sadece bana zarar verme."

"Elbiseni açabilir miyim?" yumuşak bir sesle sordu.

"Hayır bu değil."

"O halde sanırım başka sınırların da var," diye yanıtladı hafif bir eğlenme duygusuyla.

"Sanırım."

"Sana dokunabilir miyim?" diye sordu. "Reddetmen sorun değil. Ama buraya kadar geldiğimize göre kesinlikle çekici görünüyorsun."

"İstersen" diye yanıtladı çekingen bir tavırla.

"Bu benim ne istediğimle ilgili değil. Önemli olan senin neyle rahat olduğunla ilgili."

Bir süre düşünceleriyle boğuştu.

"Bu konuda rahatım. Sorun değil. İsterseniz devam edin. Yani bu konuda rahatım."

"Emin misin Cristina? Rahat değilsen sana baskı yapmak istemiyorum."

"Sen bildiğin sürece..."

"Sana mali açıdan tazminat ödediğim sürece mi?" diye sordu, yarı eğlenerek.

Ses tonu ve ifadeleri Cristina'nın kendisini daha da rahatsız hissetmesine neden oldu.

"Evet" diye yanıtladı.

"Bunun için endişelenmene gerek yok."

Cristina yanıt olarak daha alaycı bir şaka bekliyordu ama Paul konuşmayı bitirmişti.

Masaya uzanmaya devam ederken ona doğru yürüdü.

Cristina onun vücuduna baktığını gördü.

Açıkça gergindi.

Ne planladığını bilmiyordu.

Gözleri şölen yaptı ve vücudunun üzerinde gezindi.

Sonunda karar verildi.

Ve hamlesini yaptı.

Paul uzanıp Cristina'nın dizine dokundu.

Ani bir dokunuş onu şaşırttı.

Ürperdi.

"İyi misin Christina?"

"İyiyim. Sadece bunu beklemiyordum."

Elini kalçasının daha aşağısına kaydırdı.

Eli sarı eteğinin altına gelene kadar daha derine kaydı.

Bu Cristina'yı rahatsız ediyordu ama aynı zamanda bacaklarının arasında bir karıncalanma hissetmesine de neden oluyordu.

Gözleri tavana odaklanmıştı.

"Daha fazla devam etmemizin bir sakıncası var mı?" diye sordu. "Biz zaten buraya kadar geldik."

"Devam et. Umurumda değil."

"Emin misin?"

"Eminim."

Paul, Cristina'nın eteğini kaldırdı ve onu yukarı itti.

Külotu açığa çıktı.

Paul elini Cristina'nın külotunun altına kaydırdı.

Doğal olarak yeniden ürperdi ama kendini tuttu.

Paul'un eli kasıklarını ovuşturdu.

Cristina'nın vücudu ve ayakları gerildi.

Paul, "Rahatlaman lazım," dedi. "Aksi takdirde bunun pek bir faydası olmaz."

"Kuyu."

Cristina vücudunu rahatlatmak için elinden geleni yaptı.

Gözleri tavanda kaldı.

Paul'e bakamayacak kadar utanmıştı.

Sadece kasıklarını okşamasına izin verdi.

Paul klitorisi ile oynarken nefesi kesildi.

Beklemediğim bir hareketti.

Doğal içgüdüsü uzanıp Paul'ün elini itmek, sonra kendini örtmek ve Paul'ün suratına tokat atmaktı ama bileklerinin etrafındaki ipler çok sıkıydı.

Hafifçe çekiştirdi ama işe yaramadı.

"Çıkmaya mı çalışıyorsun?" Paul sordu. "Eğer dışarı çıkmak istersen bana söyle, ben de seni hemen çözerim."

"Özür dilerim. Aniden verilmiş bir tepkiydi."

"Pekala, böyle tepki verme. İstediğim tepki bu değil."

"Sorun değil, özür dilerim."

Paul'ün parmakları şişmiş klitorisinin üzerinde öfkeli bir dairesel hareketle hareket etti.

Cristina'nın nefesini tutmaktan başka seçeneği yoktu.

Duygularını gizleyemeyecek kadar şaşkındı.

Parmaklar durmadı.

Güzel bir zevkti.

Gözlerini kapattı ve Paul'ün zevkinin tadını çıkardı.

Vücudundan yayılan bir karıncalanma hissiydi.

"Yakın olduğunu söyleyebilirim" dedi. "Sakin ol. Neredeyse bitti."

, gözleri hâlâ kapalıyken, Paul'ün narin küçük klitorisinden keyif alan parmaklarının keyfini çıkarmasına izin verdi.

Cristina'nın parmakları sertleşene kadar birkaç dakika geçti.

Dudaklarından kısa, nefes alma sesleri kaçtı.

Gözleri sımsıkı kapandı.

Kasları kasıldı.

Hayatındaki tüm gerilimlerin hak ettiği bir orgazmdı bu.

Sonunda vücudu rahatladı ve Paul elini külotundan çekti.

Elbisesini tekrar doğru pozisyonuna getirdi.

Sanki doğru bir şey yapmış gibi Cristina'nın kalçasına hafifçe vurdu.

Paul onun bileklerini çözmeye başlarken, "Kesinlikle hoşuna gitti," dedi.

Cristina özgürleştiğini hissetti.

Dik durdu ve ipten hafif kızarmış ve ağrıyan bileklerini ovuşturdu.

Orgazm hissi acıyı gidermeye yardımcı oldu.

"Beğendim" diye yanıtladı. "Güzeldi. Gerçekten güzeldi. Tanrım, uzun zamandır böyle hissetmemiştim. Yani senin yaptığın kadar iyi değildim."

"Beğendiğinize sevindim. Pek çok anıyı canlandırdı, bu da yazmama yardımcı olacak. Benim için harika bir ilham kaynağı oldunuz."

"Hizmetinizde olmaktan her zaman mutluyum."

"Mükemmel" diye kabul etti. "Ay sonunda çekinize mutlaka bir ikramiye ekleyeceğim. Sanırım bunun için fazladan beş bin dolar kazandınız."

Şaşırtıcı bir şekilde Cristina bir utanç duygusu hissetti.

Paul'un iyi niyetli olduğunu biliyordu.

Fazladan beş bini takdir etti ki bu beklediğinden çok daha fazlaydı.

Ama sanki vücudunu ve cinselliğini kolay para karşılığında satmış gibi bir suçluluk duygusu onu ele geçirdi.

Bu onun kendisini saf ve kirli hissetmesine neden oluyordu.

"Ben bir fahişe değilim," diye ağzından kaçırdı, sonra anında pişman oldu.

"Öyle olduğunu hiç söylemedim."

"Özür dilerim" diye yanıtladı. "Gerçekten her şeye minnettarım. Ama bedenimi hiçbir zaman bu şekilde para kazanmak için kullanmadım."

Paul kendini hayal kırıklığına uğratarak başını salladı.

"Üzgün olma. Bu benim hatam. Seni aceleye getirdim. Senden benim için modellik yapmanı istememeliydim."

Cristina ayağa kalktı ve elbisesini düzeltti.

"Eğlendim" dedi. "Gerçekten yaptım. Ama benim için biraz tuhaftı. Belki başka bir zaman yapabiliriz? Biraz daha yavaş."

"Sanmıyorum. Bu kesinlikle sana göre değil."

Orgazm hissi hala vücudunda dolaşırken Cristina utangaç bir bakış attı.

"Şimdi öğle yemeğini yapacağım" dedi.

"Bunu kendim yapabilirim. Sen gidebilirsin."

İtaatkar bir şekilde başını salladı.

"Bunu yaptığımıza sevindim."

"Ben de" diye yanıtladı. "Ama bunu bir daha asla yapmamalıyız. Pazartesi görüşürüz."

Cristina, Paul'ün zaten kesin bir karar verdiğini bilerek başını salladı.

Artık aralarında ince bir tuhaflık vardı.

Birkaç kelime daha konuştuktan sonra Paul'ün onun hakkında ne düşündüğünü merak ederek oradan ayrıldı.

ÜÇÜNCÜ BÖLÜM
YENİ İŞ

41

BÖLÜM 12

Aynı gecenin ilerleyen saatlerinde.

Cristina bilgisayarının başına oturdu ve yeni müşteriler kazanmanın yollarını aradı.

Catering işini tanıtmak için farklı şirketlere en az bir düzine e-posta gönderdi.

Pek bir yanıt beklemiyordum ama denemeye değerdi ve kaybedecek hiçbir şeyim yoktu.

Telefon çaldı.

Tekrar kontrol etmek için arayan annesiydi.

Her zamanki küçük konuşmalarını yaptılar ve söyleyecek pek bir şey yoktu.

Cristina, "Kendi işimi yürütmek zor" diye yakınıyordu.

"Kolay olmasını mı bekliyordun?"

"Ne beklediğimi bilmiyorum. Çok çalışmaktan çekinmiyorum. Başkaları için yemek yapmayı seviyorum. Ama Tanrım, daha fazla müşteriye ihtiyacım var."

Annesi, "Deneyimlerime göre iş, kimi tanıdığındır" diye yanıt verdi. "İşlerin çoğu kişisel bağlantılardan geliyor. Bu yüzden internette araştırma yapmak yerine dışarı çıkın ve yeni insanlarla tanışmaya çalışın."

"Mantıklı sanırım."

"Sanırım? Ne zaman yanılıyorum?"

"Bilmiyorum."

Annesi, "Bu kadar depresif görünme, Cristina," dedi. "Birçok insan yeni bir iş kurmakta zorlanıyor. Denemeye devam edin."

"Teşekkürler Anne."

"Paul'le işler nasıl gidiyor? Sana hâlâ iyi para ödüyor mu?"

Cristina içini çekerek, "Bu karmaşık," dedi. "Ama evet, hâlâ iyi para ödüyor."

"Karmaşık bir adama benziyor."

"Yarısını bile bilmiyorsun."

Telefonda bir duraklama oldu.

"Seninle bir şey denedi mi?" annesi ihtiyatla sordu.

Cristina yalan söylemekte hızlıydı.

"Olamaz. Elbette hayır."

"Bana gerçeği söyleyebilirsin. Senin için buradayım."

"Anne, o benim tipim değil. Eğer bir hareket yapsaydı, o gün ne pişirirse onunla kafasına vururdum."

Annesi, "Bu, tanıdığım Cristina'nın ruhuna benziyor," diye kıkırdadı.

"Varsayımsal olarak konuşursak, ya yapsaydım? Yani bu konuda ne hissederdin?"

"Paul bir hamle yaparsa?"

"Evet" diye yanıtladı Cristina. "Nasıl hissederdin?"

Hatta bir duraklama daha oldu.

"Sanırım bu sana kalmış. Eğer sana çıkma teklif ederse bu senin kararın."

"Gerçekten mi?"

"Bu senin kararın, Cristina. Ama eğer mutfakta kıçına dokunmaya kalkarsa o meşhur acı sosundan birazını kafasına dökmeni öneririm."

Cristina alaycı bir sesle "Elbette biliyorum" diye yanıtladı.

"Aklında bir şey var gibi görünüyor."

"Artık değil. Teşekkürler anne, sen en iyisisin. Seni bırakmam lazım."

"Güle güle seni seviyorum."

"Ben de seni seviyorum anne."

Görüşme sona erdi ve Cristina sandalyesinde arkasına yaslandı.

Paul'ü ve o gün yaşadığı orgazmı düşündü.

Duygularını hala canlı bir şekilde hatırlıyordu.

Her dokunuş, her duygu.

Sert ahşabın vücudundaki hissi.

Paul'ün elinin amına değdiği hissi.

Ve her şeyden önemlisi orgazm.

Hakimiyet hiçbir zaman ona göre değildi ama iyi hissettiriyordu.

İnternette arama yaptı ve farklı terimler aradı.

Araştırma yaparken kendini yeniden üniversite öğrencisi gibi hissetmesine neden oldu.

Kölelik ve onun zevkleri üzerine birkaç araştırma yaptı.

Birkaç resme baktı.

Bu onu tekrar tahrik etti ve elini külotunun altına kaydırdı.

BÖLÜM 13

Pazartesi sabahı.

Cristina, Paul'ün evine gittiğinde iyi görünmek için çaba gösterdi.

Mavi bir elbise giymişti ve saçları iyi taranmıştı.

Paul onu içeri almak için kapıyı açarken görünüşüne pek dikkat etmedi.

"Konuşabiliriz?" Cristina sordu. "İş konusunda demek istiyorum."

"Elbette."

"Harika. Bekle."

Cristina yemeği mutfağa koydu ve Paul'ün oturduğu geniş oturma odasına gitti.

Onun önüne oturdu.

"Hafta sonu çok düşündüm" dedi. "İlişkimiz hakkında."

"Ben de," dedi, düşüncelerini bitirmesine izin vermeden. "Bence buna bir son vermeliyiz. İş ilişkimizin tehlikeye girdiği açık. Ev ihtiyaçlarım için yeni bir şey aramaya başladım bile."

Haber yavaş yavaş gelmeye başlayınca Cristina bir an donakaldı.

"Ne? Hayır. İstediğim bu değildi."

"Bunun en iyisi olduğunu düşünüyorum" diye yanıtladı. "Sen parlak bir genç kadınsın. Bu dünyadaki yerini bulacaksın."

Şaşkın bakış yüzünde kaldı. "

Duymayı beklediğim şey bu değildi. "Konuşmamızın çok farklı olacağını düşünmüştüm."

"Ne bekliyordun?"

"Buraya size geçen Cuma yaptığımız şeye devam etmek istediğimi söylemeye geldim."

Bir kaşını kaldırdı.

"Gerçekten mi? Peki bunu neden istiyorsun?"

"Gerçekten bunu söylemem gerekiyor mu?"

"Evet."

Derin bir nefes aldı.

"Elbette burada çalışmaktan keyif alıyorum. Avantajlarından da keyif alıyorum. Bence sen harika bir patronsun, sahip olabileceğim en iyi şeysin. Ve geçen hafta oturma odasında yaptığımız şey gerçekten hoşuma gitti. Sanırım ilk başta korkmuştum. ama çok düşündüm ve devam etmemizin bir sakıncası olmaz."

"İlginç."

"Yani öyle düşünüyorsun?" diye sordu.

"Düşündüğüm kadar utangaç değilsin. Gelip bunları bana doğrudan söylemeni asla beklemezdim. Etkilendim."

Gülümseyerek "teşekkür ederim" dedi.

"Bundan sonra ne olmalı?"

"Bilmiyorum" dedi garip bir şekilde omuz silkti. "Bu size kalmış. Ama iş ilişkimizin devam etmesini isterim."

"Cesur ol, Cristina. Bana bundan sonra ne olacağını söyle. Hemen şimdi. Aklından ne geçtiğini bilmek istiyorum. Beni şaşırt."

Cesaretini topladı ve Paul'e kararlı bir bakış attı.

Dudakları gerildi ve burnu hafifçe küçüldü.

Gözleri metanetli ve onun cesur bir şey yapmasını bekleyen Paul'e dikilmişti.

Cristina ayağa kalktı ve elleriyle elbisesini fırçaladı.

Parmakları elbisesinin askılarına dolandı.

Askıları kenara itti ve vücudunu kaydırarak elbisenin yere düşmesine izin verdi.

Beyaz sutyeni ve külotuyla, bileklerine dolanan güzel elbisesiyle Paul'ün önünde duruyordu.

"Ne yapıyorsun?" diye duygusuzca sordu.

"Çalışmaya olan bağlılığımı gösteriyorum."

"Belki de beni yanlış anladın. Bunun senin için doğru yol olduğunu düşünmüyorum."

"Bana durmamı söylemiyorsun," diye yanıtladı. "Ve senin de şikayet ettiğini duymuyorum."

Paul'un gözleri onun az giyimli vücudunda gezindi.

Ortalama bir yapısı vardı, biraz zayıftı.

Küçük göğüsler ve dar kalçalar.

Kas tonusu zayıf olduğundan nadiren egzersiz yaptığı açıktı.

"Oldukça çekicisin" dedi.

Elbisesini çıkardı ve Paul'ün tam karşısına gelinceye kadar birkaç adım ileri gitti.

"İşte anlaşma" dedi cesurca. "Yeni anlaşma. Senin özel sağlayıcın olacağım. Ayrıca, gerekli olduğunu düşündüğün zaman senin modelin olacağım. İstersen beni boşaltabilirsin. Eğer kendimi gerçekten iyi hissedersem, bu iyiliğin karşılığını veririm." özgür."

Bir kaşını kaldırdı.

"Bu iyiliğin karşılığını verecek misin?"

"Seni boşaltacağım. Bedava. Ben fahişe değilim. Bunu minnettar bir alıcının memnuniyeti olarak düşün."

"Sıra dışı bir iş ilişkisine benziyor."

"Zaten çizgiyi çoktan aştık" dedi.

"Bunu dikkate almam gerekecek."

Cristina uzanıp Paul'ün bileğini yakaladı ve elini külotuna götürdü.

Külotunun dışına dokundu ve bacaklarının arasını ovuşturdu.

"Hızlı düşün" dedi. "Aksi takdirde teklifimi geri çekeceğim."

Yarım ağızlı bir gülümseme sundu.

"Cesur yeni Cristina. Onu seviyorum."

"Ben de."

Paul parmaklarını Cristina'nın külotuna daha sert bastırdı.

Sıcak dokunuşla inledi.

Paul elini külotunun içine kaydırıp çıplak amına dokunduğunda daha da fazla inledi.

Heyecanlıydı ve buna hiç şüphe yoktu.

"Islanmışsın" dedi ona bakarken.

"Biliyorum."

"Sütyenini çıkar. Seni göreyim."

Cristina sutyeninin kopçasını açmak için uzandı ve onu kanepenin üzerine fırlattı.

Şımarık küçük göğüsleri serbest bırakıldı.

Meme uçları pembe ve küçüktü.

Soğuk hava ve bariz cinsel uyarılma nedeniyle hızla sertleştiler.

Göğüslerini elleriyle kapatma dürtüsüne direndi çünkü onun göğsü konusunda her zaman güvensiz hissetmişti.

Ama cesur olmaya çalıştı ve göğsünü öne doğru itti.

"Onlardan hoşlanıyorsun?" diye sordu.

"Her kadının göğüslerini severim. Her biri kendine özgü ve özeldir. Seninki de bir istisna değil. Çok güzeller."

"Rabbime şükürler olsun."

" Efendim?" retorik bir şekilde sordu. "Sanırım neyi sevdiğimi biliyorsun."

"Ve ne seversin?" diye çekinerek sordu.

"Mülk."

"Ah..."

Paul, Cristina'nın külotunu iki eliyle yere indirdi ve kızı baştan ayağa tamamen çıplak bıraktı.

Ayağa kalktı ve Cristina'nın elinden tuttu.

"Beni takip edin" dedi. "Sana göstermek istediğim bir şey var."

Romantik bir tavırla elini tutarak Cristina'yı koridora çıkardı.

Cristina gergindi ama aynı hızda devam etti.

Esaret odasına doğru gittiklerini biliyordu.

Bu fikir onu heyecanlandırdı ve tedirgin etti.

Kapı aralıktı ve Paul açtı.

Işıkları açtı ve içeri girdiler.

Havanın soğuk olması Cristina'nın meme uçlarını daha da sertleştiriyordu.

Bakışları etrafa kaydı ve Paul'ün ne planladığını merak etti.

Paul, "Bir dizi yeni sorumluluğunuz var" dedi. "Tam itaat bekliyorum. Seni her zaman çıplak bekliyorum. Anladın mı?"

"Evet anladım."

"Masanın üzerine eğilin" dedi. "Karnının üstünde. Seni bağlayacağım. Tekrar boşalmanı istiyorum."

"Evet efendim."

Cristina korkutucu bir şekilde masaya baktı.

Öncekinden farklı bir tabloydu.

Ama aynı derecede rahatsız edici ve acı verici görünüyordu.

Tahta eski görünüyordu, metal çerçeve de.

Şikayet etmenin bir anlamı yoktu.

Kendisine söyleneni yaptı ve çıplak göğüslerini ve karnını tahta masanın üzerine koydu.

Beklediğimden daha rahatsız ediciydi.

Tahta soğuktu ve hassas göğüs uçlarını acıtıyordu.

Gözleri yere baktı.

Paul'ün ona yaklaşmadan önce odada dolaştığını duydu .

"Seni bağlayacağım" dedi. "Kollarınızı ve bacaklarınızı gevşetin. Eğer sakinseniz bu basit bir işlemdir."

"Kuyu."

"Bunu istediğinden emin misin?"

"Evet" diye yanıtladı.

"Çünkü?"

"Çünkü tekrar boşalmak istiyorum."

Cristina bir yanıt alamadı.

Bunun yerine Paul'ün ayak bileklerini masanın soğuk metal çerçevesine bağladığını hissetti.

ediciydi ve biraz korkutucuydu.

Her düğüm çok sıkıydı.

Halat kalındı ve bu da cildini acıtıyordu.

Aynı işlem bileklerine de yapıldı.

Her bebek metal çerçeveye aynı şekilde bağlandı.

Bitirdiğinde ayak bilekleri ve bilekleri masaya sıkıca bağlanmıştı.

Yüzüstü yatıyordu, karnı çıplaktı ve göğüsleri ahşap yüzeye sıkıca bastırılmıştı.

Paul'e bedeni üzerinde mutlak güç verdiğini bilmek oldukça korkunç bir duyguydu.

Açıkça ve tamamen çaresizdi.

Bir şey çıplak poposuna çarptı.

Sert gibiydi ama aynı zamanda yumuşaktı.

Ne olduğundan emin değildim.

Sonra Paul'ün parmaklarının poposuna sürtündüğünü hissetti.

"Sana bu şekilde dokunmamın bir sakıncası var mı?" Cevabını bilerek sordu.

"HAYIR."

"Güzel. Cildini beğendim. Çok hassassın..."

Paul'ün eli kıçının üzerinde geziniyor, her kıvrımı hissediyordu.

Güçlü elleriyle kalçalarının her birine masaj yaptı.

Sonra yine sert bir şeyin poposuna dokunduğunu hissetti.

Pürüzsüz, kavisli bir yüzeye sahipti.

"Bu da ne?" diye sordu.

"Bu bir vibratör. Daha önce hiç kullandın mı?"

"HAYIR."

"Bunu hissetmek ister misin?"

"Ben buna açığım."

"İyi bir kız."

Aniden odada bir uğultu sesi duyuldu ve Cristina'nın omurgasından aşağıya bir ürperti gönderdi.

Uğultu sesini dinlerken gözleri yere sabitlenmişti.

Vızıltı klitorisinin ucuna dokunduğu anda vücudu şiddetle sarsıldı.

İyi anlamda da kötü anlamda da acı vericiydi.

Halatlara karşı savaşmaya çalıştı ama faydasızdı.

Uğultu durdu.

"Bunu bitirelim mi?" diye sordu.

"Hayır. Lütfen, hayır. Hareket etmeyi bırakacağım."

"Kendine hakim ol Cristina."

Titreşim yeniden etkinleştirildiğinde vızıltı geri geldi.

Klitorisine dokundu ve Cristina hareketsiz kalmak için elinden geleni yaptı.

En hassas bölgesindeki titreşim hissini kabullenirken, savaşma dürtüsüne karşı savaştı.

Parmaklarının şiddetle kıvrılmasına neden oldu.

Çenesini kapatırken dişlerini gıcırdattı.

Yumrukları iyice sıkılmıştı.

Klitorisinin vibratörle işkence görmesi beklediği son şeydi.

Vızıldadı ve vızıldadı.

Vibratörün ucu patlayacağını düşünene kadar klitorisine doğru tutuldu.

Acı içinde çığlık atmak üzereyken Paul vibratörü hareket ettirdi ve onu amının içine itti.

Gerçeküstü bir duyguydu.

Parmaklarından başka bir şeyle nüfuz edilmeyeli uzun zaman olmuştu.

Amının içindeki titreşim acı ve zevkin bir karışımıydı.

Paul ustalıkla seks oyuncağını itip çekti.

Cristina çığlık atmamak için elinden geleni yaptı.

"Bununla eğleniyor musun?" diye şaka yollu bir şekilde sordu.

Cristina'nın nefesi kesildi.

"Ben...ben...ah..."

"Evet veya hayır?"

"Evet! Tanrım, evet."

Paul cihazı Cristina'nın amına daha da iterek onun daha fazla nefes almasını sağladı.

Vücuduna tamamen girdiğinde neredeyse nefes nefese kalmıştı.

Kolları ve bacakları iplere çekildi ama işe yaramadı.

Islak vajinasının içinde güçlü bir vibratörle sıkışıp kalmıştı.

"Yakınsın?" diye sordu.

Kelimeler için çabaladı.

"Evet neredeyse..."

"Benim için boşal bebeğim."

Vibratör Cristina'nın amına acımasızca itildi ve çekildi.

Vücudunu rahatlatmaya çalıştı, bu da onun orgazma ulaşmasını her zaman kolaylaştırdı.

Vajinal kaslarını gerginlikten kurtarmak için elinden geleni yaptı ve Paul'ün istediğini yapmasına izin verdi.

Vibratör sayesinde orgazmı çok yakındı.

Ve bu daha önce hissettiğim hiçbir orgazma benzemeyen bir orgazmdı.

Titreşimli bir nesne amının içine itilirken bağlanmak ve şaplak atmak güçlü bir kombinasyondu.

Cristina'nın ayak parmakları daha da büküldü ve yumrukları daha da sıkılaştı.

Vücudundaki her kas kasılmıştı.

Nefes alışları ve inlemeleri daha da sertleşti.

"Aman Tanrım... Aman Tanrım... Aman Tanrım..."

Aniden cihaz daha yüksek bir hıza geçti ve titreşimler çok daha güçlü hale geldi.

Cristina itilip amının içine çekilirken güçlü titreşimden dolayı çığlık attı.

Ağladı.

Daha sonra doruğa ulaştığında kontrolsüz bir şekilde ağladı.

Amının içinden bir sıvı fışkırdı, masayı darmadağın etti ve sert zeminde bir su birikintisi bıraktı.

Sıvılar durana kadar elektrikli vibratörden daha fazla itme kuvveti geldi.

Paul, yüksek bir uğultu sesi çıkaran Cristina'nın amındaki vibratörü çıkardı.

Sonra kapattı.

Vajinal saldırı nihayet sona erdiğinde, Cristina'nın amı darmadağın olmuştu.

Islaklığı küçük bir orgazm nehri gibiydi.

Amcığı vajinal sıvılarıyla parlıyordu.

Masa ıslaktı.

Ve sıvılar sızdıran bir musluk gibi yere düşüyordu.

Cristina yavaş yavaş soğukkanlılığını yeniden kazanırken bilincini zar zor koruyordu.

Bu, hayatında yaşadığı en iyi orgazmdı.

Paul'ün başına yaklaşan ayak seslerini duydu.

Paul eğilip onun saçını öptü.

Paul'ün onu neden henüz çözmediğini merak etti.

"Biz... biz... işimiz bitti..." konuşmayı başardı.

"Henüz değil. Sözünü hatırlıyor musun?"

"Hangisi?" diye inledi.

"Eğer seni boşaltırsam bu iyiliğin karşılığını vereceğini söylemiştin. Peki orgazm nasıldı?"

"Bir...kahrolası...inanılmaz," diye ağzından kaçırdı.

Paul ona gülümsedi.

bu iyiliğin karşılığını vermek ister misin ?"

"Evet efendim. Beni çözecek misiniz?"

"Seni bu pozisyonda seviyorum."

Cristina, Paul'ün pantolonunun açılma sesini duydu.

Paul'ün ne istediğini tam olarak biliyordu.

Hâlâ yüzünün yanında duruyordu, bu da onu becermekle ilgilenmediği anlamına geliyordu, en azından o günde.

Paul yüzüne yaklaşırken başını kaldırdı.

Sert aletinin doğrudan dudaklarına işaret ettiğini gördü.

Ne istediği belliydi.

Paul ileriye doğru bir adım daha atıp dudaklarının arasına girerken Cristina şehvetli bir kalple ağzını açtı.

Hiçbir hissetme süreci ve uyum sağlayacak zaman yoktu.

Paul, Cristina'nın iyi bir itaatkârın yapması gerektiği gibi emebilmesi için kalçalarını öne doğru itti.

Aletinde hissettiklerinden etkilenerek, "Tanrım. Melek gibi dudakların var" dedi.

Oral seks hiçbir zaman Cristina'nın işi olmadı.

Bu konuda hiçbir zaman çok iyi olmadı ve bunu yapmak hiçbir zaman onun tercihi olmadı.

Ama Paul'le birlikte onu memnun etmeye hevesliydi.

Özellikle de vücudundan hâlâ akan güçlü orgazm hissi varken.

Vücudu hala masaya bağlı olduğundan beceri eksikliği sorun değildi.

Paul kalçalarını yavaşça ileri geri iterek tüm işi yaptı.

Tek ihtiyacı olan sikişmek için sıcak bir ağızdı.

Cristina'nın tek yapması gereken dudaklarını Paul'ün sert organının etrafında sıkı tutmak ve emmekti.

"Kahretsin, boşalacağım," diye homurdandı Paul. "Ve sen onu yutacaksın."

Onun komuta etme duygusu Cristina için anlayamadığı bir sebepten dolayı heyecan vericiydi.

O emerken Paul'ün ellerinin saçlarını ovuşturduğunu hissetti.

Penisinin ağzının içinde daha da sertleştiğini hissetti.

Kendisine her zaman iyi hissettirdiği söylenen penisine dilini kullanmak için elinden geleni yaptı.

Horoz ağzına girerek öğürmesine neden oldu.

Öğürme refleksi korkunçtu.

Ancak Paul, Cristina'nın ne kadar çok şeyin üstesinden gelebileceğini tahmin etti ve bu yüzden asla fazla zorlamadı.

Kendi kendine bunun bir profesyonelin işareti olduğunu düşündü.

Paul'ün ereksiyonunun ucu hâlâ ağzının içindeyken orgazm için kendini okşamasını izledi.

Dudaklarını onun etrafında sıkıca kapalı tuttu.

Paul onu öfkeyle okşarken homurdandı.

Saniyeler sonra dili Paul'ün spermiyle kaplandı.

Jet üstüne jet.

Değişik bir tadı vardı.

Ağzının taşmasını önlemek için zorlukla yutkundu.

Birkaç saniye sonra meni akışı durdu ve Cristina hepsini yuttu.

Paul, "Aman Tanrım," dedi, aletini ağzından çıkardı. "Bu harikaydı. Böyle emmeyi nerede öğrendin?"

Pantolonunun fermuarını çekmek için ayağa kalkmadan önce bir anlığına eğildi.

Sonra Cristina'yı çözmek için eğildi.

Serbest bırakıldığında koyu kırmızı lekeler bulunan kendi el ve ayak bileklerini okşadı.

Hâlâ tamamen çıplak olduğunu ve artık umursamadığını hemen fark etti.

Paul'un önünde çıplak olmaktan hoşlanıyordu.

Kendinden emin bir şekilde "Tüm bu deneyimden gerçekten keyif aldım" dedi.

Paul onun boynuna dokundu ve alnını, sonra da yanaklarını öptü.

Sonunda saçlarına birkaç öpücük kondurdu.

"Ben de. Ortaklığımız çok iyi işleyecek. Birlikte paylaşabileceğimiz tüm olasılıkları düşünün."

"Biliyorum."

"Gözlerimin önünde büyüyen bir kelebek gibisin" dedi.

"Hepsi senin suçun." dedi gülümseyerek. "Şimdi izin verirseniz, öğle yemeği için çok özel bir şey hazırladım. Bayılacaksınız. Eminim iştahınız açılmıştır, o yüzden gidip şimdi yapsam iyi olur."

Cristina ayağa kalktı ve çıplak bir şekilde kapıya doğru yürüdü.

Yürüyüşünde güven vardı.

Çıplak olmayı seviyordu.

Eğlenceliydi.

Bacaklarından aşağı sıvılar damlıyordu.

Dölün tadı hâlâ ağzındaydı.

Sonra kapıya vardığında durdu ve çıplak bedeniyle gurur duyarak Paul'e baktı.

Ona oturma odasındaki karışıklık hakkında endişelenmemesini, daha sonra temizleyeceğini söyledi.

Bu onun yeni bulduğu görevlerin bir parçasıydı.

İHANETE UĞRAMIŞ

BÖLÜM I

Becky anahtarın kilitte tıkladığını duydu.

Merdivenlerden aşağı koştu, koridorun ışığını yaktı ve kapıyı açtı.

Jack yağmurun altında orada duruyordu, kapüşonunu başına geçirmişti, anahtar elinde durmuştu ve kara gözleri ona bakıyordu.

Becky mutlu bir şekilde "Aman Tanrım, gelmişsin" dedi.

Öne atladı ve kollarını onun omuzlarına dolayarak ona sarıldı , paltosunu kaplayan yağmurun dar giysisinin üstüne sızdığını hissetti.

Umrunda değildi.

Adamı buradaydı ve önemli olan da buydu.

Jack'i coşkulu kucaklamasından kurtardı ve ıslak ellerini onun yüzüne koydu.

Ciddi ifadesi değişmemişti.

"Sorun ne?" dedi.

"Konuşmamız gerek."

Becky midesinin bulandığını hissetti ama kenara çekilip Jack'in içeri girip ıslak botlarını çıkarmasına izin verdi .

Oturma odasına yürüdü, Jack'in ona kötü haberi vermesini beklerken gergin bir şekilde kollarını ovuşturdu.

Daha sonra hâlâ bitkin yüzünde ciddi bir ifadeyle oturma odasına girdi.

"Bize bir içki verin lütfen" dedi.

Becky içki arabasına doğru yürüdü ve iki brendi doldurdu .

Bardaklardan birini ona uzatırken eli titriyordu ve bardağını hızla içti.

Jack, çorapları ıslanmış halde kanepeye yaklaştı.

Bu şekilde verdiği görüntü biraz komikti.

O anın oldukça gergin olduğu gerçeği olmasaydı gülerdi.

Kötü haberi vermeye hazırlanırken, kendini ayarlamadan, ceketini çıkarmadan koltuğun kenarına oturdu.

Konuşmadan önce brendisinden büyük bir yudum aldı.

Son bir iç çekişle içkisini bitirdikten sonra, "Bizim hakkımızda her şeyi biliyor," dedi.

Becky dizlerinin zayıfladığını, kalp atışlarının hızlandığını hissetti.

Kendine bir bardak daha brendi doldurdu.

Jack'in önündeki kanepeye doğru yürüdü ve oturdu.

"Gibi?" Sıcak sıvıdan bir yudum daha aldıktan sonra konuştu.

"Söyledim."

Becky kaşlarını çattı.

"Ona söyledin mi? Ne için?"

"Artık dayanamadım."

Becky ayağa kalktı.

"Lütfen bana şaka yaptığını söyle Jack."

Reddederek başını salladı.

"Karına onu aldattığını neden söyledin?"

Jack, kendisini yaramaz bir köpek yavrusu gibi gösteren gür kaşlarının altından başını kaldırdı.

"Kirli sırrımızı saklamaya devam ederken onun kayıtsız ve sakin olduğunu göremedim."

"Bizim kirli sırrımız. Onun için hepsi bu mu?" Becky düşündü.

"Peki, ne dedi?" dedi Becky , odada ileri geri yürürken son yorumu duymamış gibi davranarak.

"Bize bir şans daha vermeye hazır. Eğer bu durursa."

Becky yürümeyi bıraktı ve Jack'in yüzüne baktı.

"Hayır? Ona söyledikten sonra onunla birlikte olduğunuzu mu söylüyorsunuz?"

Jack başını salladı.

"Beni böyle mi bırakacaksın? O öyle söylediği için mi?"

"O benim karım."

"Peki ben neydim?"

"Bunun ne olduğunu biliyorsun. Sana karımı asla terk etmeyeceğimi söylemiştim. Bu seninle benim aramda her zaman seksti."

'Bunun ne olduğunu biliyorsun. Geçmiş. Zaten kafasında bitmişti. Bunu bana nasıl yapabildi?'

Mary'yi asla terk etmeyeceğini söylemesine rağmen Becky, Mary'nin gerçekten ihtiyacı olan kadının kendisi olduğuna onu ikna edebileceğini düşünüyordu.

Peki öyle değil mi?

Değilmiş gibi görünüyordu.

Jack içkisini bitirmiş ve ayrılmak için ayağa kalkmıştı.

Becky ona yaklaştı.

"Hepsi bu mu yani?" dedi ona bakarak. "Onu öylece yüzüme bırakıp çekip mi gideceksin?"

Jack onu itip koridora doğru ilerlerken içini çekti.

"Becky, çocuklarım var" dedi artık bıkkın bir halde.

Ah, hayır, bu durumdan o kadar kolay kurtulamayacaktı.

Önceleri iltifatlar, alaylar ve erotik mesajlar vardı ve sonunda beni büyülemek için bir sürü öpücük vardı.

istediğini elde etmek için yaptığı budur .

Daha sonra, yeterince sahip olduklarında savunmaya geçerler ve sizden kurtulmaya çalışırlar.

Artık Jack'in gerçek yüzü ortaya çıkıyordu.

Onun için bir et parçasından başka bir şey değildi, kolay bir sikişti.

Bir pislik.

Bir fahişe.

Erkekler ona her zaman böyle davranmıştı. Jack farklı olmayacaktı.

" Ne olmuş yani? Bugünlerde pek çok insan boşanıyor. Çocuklar bunu atlatıyor. Hala her iki ebeveyni de var," dedi soğuk bir tavırla.

Jack, "Onlar oğlan, Becky," diye çıkıştı. "Onların bir aileye ihtiyaçları var. Güvenliğe. Her zaman yanlarında olan bir babaya. Haftada birkaç kez ortaya çıkan birine değil."

Ya ben? biraz bencilce düşündü.

Çocuk sahibi olamayan kadın.

Her zaman ve her zaman kısır kalacak olan kadın, bir erkeğe aile vermekten acizdir.

Fenomen.

Nadir olan.

Sadece eğlenmek ve sevişmek için iyi olan.

Onu gerçekten kim sevebilir?

"Evinize geleceğim" diye tehdit etti. "Ona ne yaptığımızı anlatacağım. Arabanla beni ormana nasıl götürdün ve arka koltukta becerdin. Çocukları her gün okula giderken oturuyor. Beni gittiğin aynı restorana nasıl götürdün?" ona evlenme teklif etti." Bakalım o zaman fikrini değiştirecek mi?"

Jack kapı eşiğinde döndü, parmakları başının üzerine kaldırmak üzere olduğu kapüşondan ayrıldı.

"Bunu yapmayacaksın".

"Bana bak."

Becky, daha önce pek çok erkekte gördüğü bakışı ilk kez Jack'in gözlerinde gördü.

İğrenme.

Aralarında ne varsa, onun için ne varsa, gitmişti.

Bunu asla geri alamayacağını biliyordu.

Kapüşonunu kafasına çekerken üst dudağı kıvrıldı ve çizmelerini almak için uzandı.

Becky tenindeki sıcaklığın kaybolduğunu, geride bırakılmanın soğukluğunun geri geldiğini hissetti.

Terk edilme.

Bunu daha önce birçok kez hissetmişti.

"Beni öylece bırakamazsın, Jack," diye yalvardı, gözlerinden tanıdık bir gözyaşı akışını hissederek.

"Bitti" diye çıkıştı, sesi öfkeden kalındı.

"Bunu bana yapma Jack. Lütfen!"

Botunun bağcıklarını bağladı ve dik durarak kapüşonunun altından ona baktı.

"Bir daha benim ve ailemin yanına yaklaşmayın. Eğer yaklaşırsanız polisi arayacağım."

Elini kaldırdı ve anahtarını yere bıraktı.

Burayı gerçek evi, sonunda kalıcı olarak yaşayacağı yer olarak görmesi umuduyla ona verdiği anahtar.

Bu onun kalbindeki son bıçaktı.

Kapıyı çekip bahçeye doğru hızlı adımlarla ilerledi.

Becky minderin üzerinde duruyordu, oturma odasının parlak ışığında yanakları gözyaşlarıyla parlıyordu ve onun uzun boylu formunun yağmurda yürüyüşünü izliyordu.

Ondan uzakta.

Ailesinin yanına döndü.

Hayatından sonsuza kadar çık.

BÖLÜM II

Becky bardağına baktı ve başının döndüğünü hissetti.

Viski dilinde ekşi, acı bir tat bıraktı.

Parmakları camın üzerinde titreyerek onu aldı ve şöminenin duvarına fırlattı.

Aynaya çarparak cam parçalarının patlamasına ve ardından yere ve kalın halıya düşmesine neden oldu.

Kanepeden atlayıp telefona doğru yürüdü.

Ahizeyi alırken gözlerinden yaşlar aktı ama kendi kendine artık ağlamayacağını söyledi.

Dudağını ısırarak kararlı bir şekilde numarayı çevirdi.

Birkaç dakika sonra sert bir erkek sesi cevap verdi.

"Merhaba?"

"Harry, ben Becky," dedi, sarhoşluğunu homurdanarak bastırarak.

"Becky? Tanrım, neden şimdi arıyorsun? Saat sabahın ikisi."

"Üzgünüm. Sadece... biriyle birlikte olmaya ihtiyacım var."

"Ne? Şu anda mı?"

"Evet."

Hattın diğer ucunda bir hışırtı duydu, yatağın etrafında hareket ederken Harry'nin sigaradan kurumuş boğazının çıtırtısını.

"Beni gerçekten sabahın ortasında seks için mi uyandırıyorsun?"

Becky onun sözleriyle midesinin düğümlendiğini hissetti.

Ya gerçekten kendini tatmin edecek birine ihtiyacı yoksa?

Ancak Harry'nin bu umurunda değildi.

Aklında tek bir şey olan tipik bir adamdı.

Patlama isteğini durdurdu.

"Neden olmasın? Her zamanki gibi güzel bir zaman," dedi biraz tedirgin bir şekilde.

"Saat altıda kalkmam lazım."

"Ne olmuş yani? Yarın gece uyuyabilirsin. Ve en azından esnemek yerine işine tatmin olmuş bir şekilde gidersin."

"Şu anda yıkılmış durumdayım. İşe esneyerek gitmemenin tek yolu birkaç saat daha uyumak ve egzersiz yapmamaktır."

Becky hayal kırıklığıyla dudaklarını kıstırdı ve telefonun yanında duran sigarasını aldı.

Bir tanesini yaktı ve uzun, derin bir nefes çekti, ardından yoğun dumanı üflerken başparmağıyla şakağını ovuşturdu.

"Ne istersen yaparım" dedi ve nikotin ona onu baştan çıkarmaya çalışacak kadar güç verdi.

"Ne?" dedi Harry.

"Dilimi kıçına sokacağım. Bir erkeğin bir kadını yediği gibi seni de yiyeceğim."

Bir duraklama oldu ve Harry'nin diğer tarafta düşündüğünü hissedebiliyordu.

Pek çok kadın bir erkeğin kıçını yemeye istekli değildi ve Harry'nin özellikle hassas bir anüsü vardı, dili onun tüm vücudunu esnetme ve aynı anda çığlık atma yeteneğine sahipti.

Ancak bu gece gerçekten yorulmuş gibi görünüyordu. Bu bile onu baştan çıkarmaya yetmedi.

"Ah, Becky. Daha iyi bir zamanda arayamaz mıydın?"

"Askıyı takacağım. Seni uzun, sert bir sikişeceğim. İstediğin bu mu, Harry? A. Uzun. Sert. Siktir."

Harry cevap verdiğinde sesi gergin ve tedirgin geliyordu.

Becky onun açık, iğrenç öfkesi karşısında aletinin çarşafın altında taş gibi sertleştiğini biliyordu.

Ama onu neyle baştan çıkarmaya çalışırsam çalışayım, vazgeçecek gibi görünmüyordu.

"Kusura bakma Becky. Uğramam gerekecek. Cuma gecesi nasıldı?"

Becky sehpanın üzerindeki kül tablasını gördü ve sigarasını söndürdü.

"Sen de tüm erkekler gibisin, değil mi? Sen öyle dediğinde koşarak geleceğimi sanıyorsun. Peki biliyor musun Harry? Kendini becerebilirsin. Bu senin son şansındı ve sen onu kaçırdın."

"Ne... Becky?"

"Güle güle, Harry. Uyuyabilirsen derin uyku. Lanet olsun!"

Telefonu ahizeye çarptı.

Becky bir anlığına yatakta oturdu, kalbi hızla çarpıyor, kanı kaynıyor, milyonlarca farklı düşünce kafasının içinde öncelik için yarışıyordu.

Bunu ona nasıl yapabildiler?

Ve yeniden.

Peki neden onların bunu yapmasına izin verip duruyordu?

Tekrar tekrar aynı eski tuzağa düşmek .

Psikiyatristlerin ne diyeceğini biliyordu.

Kendinize yeterince değer vermiyorsunuz.

Kendine bile saygı duymazken saygı görmeyi nasıl bekleyebilir?

Eh, onlar için bunu söylemek kolay.

Erkeklerin vücudunu kirli bir bez gibi kullanmasına izin veren bir sürtük gibi hissetmenin nasıl bir şey olduğunu bilmek istiyorlar.

Erkek arkadaşlarıyla sikişecek ve kızını evde yalnız, üşümüş ve aç bırakacak, onu sevecek kimsesi olmayan bir anne.

Yıllarca babasının onu sevmediğine onu inandırmış bir kadın.

Onun yüzünden onları terk etmişti.

Gerçek şu ki, onun maruz kaldığı teslimiyetten korkmuş ve onun terör saltanatına geri dönemeyecek kadar dehşete kapılmıştı.

Becky yüzünü ellerine gömdü ve gözyaşlarının avuçlarına akmasına izin verdi.

Beni terk ettin baba.

Beni o psikopat kaltağın yanında nasıl bırakırsın?

Doğruldu ve gözyaşlarını durdurmak için kendini zorladı.

Üzüntü bir anahtarın çevrilmesi gibi öfkeye dönüştü.

Babası tam bir korkaktı.

Bütün erkekler gibi.

Bacaklarının arasında sallanan topların kontrolü altında yürüyorlardı ama onları kullanacak cesaretleri yoktu.

Bunu ancak bir kadın yapabilirdi.

Acı çok fazlaydı.

Becky'nin sekse ihtiyacı vardı.

Onu sakinleştirecek tek şey buydu.

Seks, içinde hissettiği acıyı dindirirdi.

Sevilmemenin ve reddedilmenin verdiği acı, kendisini kirli ve tek kullanımlık bir fahişe gibi hissetmesine neden oluyordu.

Birkaç kısa an için tutkulu bir öpücük, onu orgazma ulaştıracak şehvetli bir dürtü ve kendini iyileşmiş hissedecekti.

Yine her şey yolunda.

Sevilen.

Tek sorun bunun bir bağımlılığa dönüşmesiydi.

Ve her şey bittiğinde, erkekler ayrılıp eşlerinin ya da bacaklarını açmak isteyen bir sonraki kadının yanına döndüklerinde, o karanlık yer geri dönecekti.

Bir sonraki çözüme kadar.

Becky daha fazla dayanamadı.

Yeterliydi.

Bu sefer birisi ödeyecekti.

BÖLÜM III

İntikam tatlıdır.

Ya da öyle diyorlar.

Becky makyaj aynasında uzun siyah saçlarını fırçalarken bunu düşündü.

Küçük kırmızı bir fiyonkla süslenmiş bir çift siyah külot dışında çıplaktı.

Kırk üç yaşındaki göğüsleri kendisinden on yaş küçük bir kadınınkiler kadar sıkıydı.

Çocuk sahibi olamamanın olumlu yönlerinden biriydi bu .

Figürünü ve muhteşem cazibesini daha uzun süre korudu.

Fırçanın kılları saçlarının arasından kayarken yıllardır hissetmediği bir dinginliği hissetti.

Sonunda içinde bir şeyler oluşmaya başlamıştı.

Artık kurban olmayacak.

Mücadele ediyordu.

Bir savaşçı olacaktı.

S, makyajından bir çubuk koyu kırmızı ruj seçip dikkatlice dudaklarına sürdü ve kenarlarına fazladan bir milimetre vererek biraz dolgunluk kattı.

Renk, koyu saçlarını ve zeytin tenini tamamlayarak ona İngiliz mirasından daha fazla uzaklaşamayacak kadar hafif bir Akdeniz görünümü kazandırdı.

İyi göründüğünü itiraf etmek zorundaydı.

Sigara içmekten ve boktan bir çocukluktan, içkiden bahsetmeye bile gerek yok, sesinde biraz tizlik olabilirdi ama seks için nasıl ortaya çıkacağını biliyordu.

Bu beceriyi annesinden öğrenmişti ve kuzeyli kızların ne kadar dayanıklı olduğunu anladığında, bunu kendi avantajına kullanmayı da öğrenmişti.

Seksi kızların gücü vardı.

Erkekleri vücutlarıyla, kokularıyla, kışkırtıcı bakışlarıyla kontrol edebiliyorlardı.

Becky bunu düşündüğünde, bunca yıldır hayatta kalmasını sağlayan şeyin bu olduğunu fark etti.

Ayağa kalkıp boy aynasının karşısına geçti.

Başını yana eğerek göğüslerini avuçladı.

Yeni boyanmış dudaklarıyla somurttu.

Evet, iştah açıcı bir şeyler yiyecek kadar iyi görünüyordu.

Şehvetli bir kahkahayla, seni de yemem, diye düşündü.

Yatağın üzerinde kırmızı bir elbise vardı.

Kısa.

Çok kışkırtıcı.

Göğüslerinizi gösterecek şekilde düşük yakalı.

Çıplak ayaklarını içine kaydırdı ve vücudu boyunca yukarı çekti.

Aynaya baktığında arkasını döndü ve düğmelerini ilikledi.

Tipik kum saati şeklini vurgulayan, kalça kısmında kırışan ipeksi kumaşa hayran kaldı.

Kapının yanında bir dizi yüksek topuklu ayakkabı vardı.

Becky yürüdü ve ayaklarını kırmızı bir çift giydi.

Bu gecenin rengi kızıldı.

Kan ve cinayet için kırmızı.

BÖLÜM IV

Taksi şoförü kulübün önünde durdu.

Becky kapıların yanında iki korumanın olduğunu fark etti.

Taksi şoförüne parayı ödedi ve sokak lambasına çıktı; kulübün müziği ayaklarının altında güm güm vururken yumuşak hava çıplak omuzlarına dokunuyordu.

Taksinin kapısını kapattı ve küçük kırmızı çantasının askısını omzuna takarak girişe doğru yürüdü.

Buluşma Yeri, birkaç yıl önce şehirde ortaya çıkan modern bir beyefendi kulübüydü.

Her yaştan erkek, en moda takım elbiseleriyle, tıraş losyonu şişelerine dalarak, sıcaktan bunalmış orospular gibi kokularına akın eden kuzeyli kızları cezbetmeye çalışarak oraya geliyorlardı.

Becky bir istisna değildi.

Ama bu gece aklında özellikle bir adam vardı.

Hafta ortası bir gece için burası bir hareketlilik kovanıydı.

Odanın bir tarafında bir şarkıcı sahnede performans sergiliyordu, diğer taraftaki bar ise bira bardaklarının üzerine eğilmiş yaşlı adamlarla doluydu .

Erkekler ve kadınlar odanın ortasındaki masalarla dolu geniş bir alanda oturuyor, sohbet ediyor ve sahneye bakıyorlardı.

Becky bara doğru gitti ve dul kadının saçını uzatmış yakışıklı, genç bir barmeni çağırdı.

"Ricky bu gece burada mı?" diye sordu.

Garson başını salladı. "Geri."

Becky ona gülümsedi ve tezgahtan uzaklaştı, yaşlı adamların gözlerinin içkilerden kendisine kaydığını fark etti.

Arkadaki ofislere giden koridorda gözden kaybolurken, arkasını iyice görebildiklerinden emin oldu.

Ricky Morris, Maine bölgesinde beş gece kulübünün sahibiydi.

Parasını doksanlı yıllarda bazı tehlikeli anlaşmalardan kazanmıştı ve Kuzey'in hareketli oğlanlarının anında ilgi odağı olan beyefendi kulüpleri zincirini açmıştı.

Ayrıca striptizciler ve fahişelerle çalıştığı, onlara müşteri sağladığı ve karlarını kestiği biliniyordu.

Lugar de Encuentro'nun lansmanında tanışmıştı .

O gece oradaki tüm çekici kadınlar ve güzel kızlar arasında yaklaştığı kişi oydu.

Belki de onda kendisinden bir şeyler, hırslı ve girişimci doğasına hitap eden erkeksi bir özellik fark etmişti.

Parasına ve yakışıklılığına boyun eğmeyen ya da yaltaklanmayan bir kadın.

İstediğini elde etmek için çok çabalayan bir kadın.

Becky kapısını çaldı ama cevap beklemedi.

Odaya girdiğinde bir parça et gördü ve seksin şaşmaz kokusunu duydu.

Yirmili yaşlarının ortasında bir kadın masanın üzerinde yatıyordu, çıplak göğüsleri hâlâ beline sarılı olan elbisenin altından görünüyordu.

Ricky ayakta dururken onu sikiyordu, siyah pantolonu ayak bileklerindeydi ve tıraşlı kafasında ter parlıyordu.

Kesinti üzerine başını çevirdi.

"Kahretsin." Kadından uzaklaştı ve Becky onun büyük aletinin uyarılmayla şiştiğini, kadının suyuyla kayganlaştığını gördü.

Odaya kimin girdiğini görünce içini çekti, eğildi ve pantolonunu çekti.

Masadaki kadın göğüslerini kapatarak utancını şehvetli bir kahkahayla gizlemeye çalışıyordu.

Utanmadan ofise giren Becky, küçük sürtük, diye düşündü.

Ricky, kızın gitmesi için başını salladığında deri kemerini beline takıyordu.

Hâlâ göğüslerini kapatarak, uysal bir tavırla masadan aşağı kaydı, yüksek topuklu ayakkabılarını aldı ve parmaklarının ucunda odadan dışarı çıktı.

Ricky masasının etrafında dolaşıp gözünün ucuyla Becky'ye baktı, yüzü kızarmıştı.

Gömleğinin cebinden bir mendil çıkardı, kaşını sildi ve gümüş bir sigara kutusu almak için çekmeceye uzandı.

Kutuyu açıp renkli bir sigara çıkararak, "Bu zevki neye borçluyum?" dedi.

Becky'e bir tane teklif etti.

Masaya doğru yürüyüp sigaralardan birini alırken gözlerini ondan ayırmadı.

Kırmızıydı.

" Malın kalitesini tekrar mı kontrol edeceksiniz?" dedi.

Ricky sigarasını yakarken keskin mavi gözlerini kıstı ve ardından çakmağı Becky'ninkini yakmak için kaldırdı.

"Buraya habersiz gelerek sözümü kesmenin amacı nedir?"

Becky yanan sigaranın bir kısmını içine çekti.

Tavana doğru ince bir şerit halinde yayılan dumanı dışarı attı.

"Son zamanlarda meşgul olduğunu görüyorum."

Gülümseyerek masaya baktı.

Kadının kalçasındaki ter izleri camın yüzeyinde hâlâ mevcuttu.

Ricky ağır ağır oturdu.

Becky neredeyse kalp atışlarını duyabiliyordu, yarıda kesilen seks seansından dolayı hâlâ vücudunda kan pompalanıyordu.

Onu merakla inceledi.

"Sen bittin?"

Becky başını salladı.

"Ne olmuş yani? Sende farklı bir şey fark ettim."

Becky saçını geriye itti ve Ricky'nin kafasının arkasında parlayan büyük akvaryuma baktı.

Çok küçük bir havuzda büyük balık var, diye düşündü alaycı bir tavırla.

Kadınlar üzerinde parası ve gücü olabilirdi ama ne olacağı hakkında hiçbir fikri olmadan sandalyesinde otururken diğer erkekler kadar zayıf ve acınasıydı.

"Sanırım bu ayın hava durumu olmalı" dedi kuru bir sesle.

Çantayı omzundan aldı ve dikkatlice masanın üzerindeki cam yüzeye koydu.

Ricky onun hareketlerini ilgiyle izledi.

Masanın etrafından dolaşıp kalçasını sert kenarına dayadı.

Ricky sandalyesini çevirdi, arkasına yaslandı ve onu inceledi.

"Hayalindesin," dedi dikkatlice.

"Ne zaman değilim?" diye yanıtladı.

Ricky gülümsedi.

Onun bu özelliğini seviyordu.

Sekse olan o cesur ve istekli iştah.

Özellikle bir kadından.

Onu saniyeler içinde sert bir şekilde yakaladı. Becky, göğüslerini göstermek için vücudunu hareket ettirirken horozunun tekrar uyanmasını görmeyi bekledi.

"Sen bir fahişesin" dedi Ricky. "Seni hiçbir şey durduramaz, değil mi? Küçük bir sürtüğün yarım yamalak saniyeleri bile."

"O sadece mezeydi. Ben ana yemeğim. Gerçek seks."

Becky elbisesini kalçasına doğru kaldırdı ve parmaklarını bacaklarının arasına kaydırdı.

Evden çıkmadan önce külotunu çıkarmıştı, böylece bacaklarının arasındaki çıplak dudaklara kolayca ulaşabildi.

baktı ve sigarasından bir nefes daha çekti.

Pantolonunda büyümeye devam eden çıkıntı ona saniyeler içinde onun içine girmeyi planladığını söylüyordu.

Bu düşünceyle amı ıslandı ve bu seferki tatmininin diğerlerinden daha tatlı olacağı bilgisiyle daha da yoğunlaştı.

Ellerini cam yüzeye koydu, misk kokulu amının yapışkan izlerini bıraktı ve doğrudan Ricky'nin önüne gelinceye kadar manevra yaptı.

Her iki topuğu da sandalyenin kollarına dayadı ve bacaklarının arasını tam olarak görebilmesi için bacaklarını açtı.

Aşağıya baktığında ve küçük kırmızı elbisenin altında saklanan şekeri gördüğünde Ricky'nin gözlerinde bir heyecan parladı.

"Bununla ne yapmam gerekiyor?" Kaşlarını kaldırarak alaycı bir şekilde konuştu.

Dirseklerini masaya dayayan Becky, şehvetli bir gülümsemeyle karşılık verirken hâlâ sigara içmeyi başardı.

Konuşmayan.

Ricky kendi sigarasını söndürüp utanmadan camın üzerine ezdi.

Belki de olacakların güzel kokusunu tatmak için burun deliklerinden nefes aldı , uzun parmaklarını güzel dudaklarının önünde ıslattı.

"Kedin ağzıma damlayana kadar seni yiyeceğim."

Becky kaslarını sıkarken vulvasının karıncalandığını hissetti.

Am yemeyi seven bir oğlanı her zaman sevmişti.

Ricky yüzünü kendi suyuna doyurmaktan, diliyle onu başka bir yere gönderecek şeyler yapmaktan mutluydu.

Ayrılmanın en insani yolu bu olur, diye düşündü.

Öforik bir korku.

Büyük elleri dizlerine dokundu ve bacaklarını daha da ileri yaydı.

Becky ona acımasız bir hayranlıkla baktı ve onun çelik gibi gözlerindeki heyecanı ölçtü.

Şakacı bir tavırla dudaklarını yaladı.

Becky bilerek gülümsedi.

Sonra, başka bir şey yapmasına fırsat kalmadan adamın başı bacaklarının arasına girdi ve sıcak, ıslak dili onun içinde ilerlemeye başladı.

Becky zevkten nefesi kesilirken başı geriye düştü.

"Ah, kahretsin."

Ricky yapışkan etini yalayarak başını doymak bilmeden hareket ettirdi.

Yiyin, tadın, misk kokusunu içinize çekin.

Becky onun derin Vermont aksanıyla, "Lezzetli," dediğini duydu.

Tatlı intikamı kadar lezzetli bir şeyi tatmasının imkânı yoktu, diye düşündü.

Ricky pantolonunun fermuarını açtı ve aletini çıkardı, bileğinin hızlı ve sert hareketleriyle onu mastürbasyon yaptı.

Becky bir an için onun amını dakikalar önce olduğu amcığa tercih edip etmediğini merak etti.

Daha sonra artık umursamadığına karar verdi.

Bütün erkekler eşitti.

Fahişelere kötü davranan ve am emen pislikler. Seni var olduğunu hiç bilmediğin yerlere gönderme yetenekleri olsa bile.

Ricky'nin dili muhteşemdi!

Becky aşağıya baktı ve parlak, yuvarlak kafa derisinin yükselip alçaldığını gördü.

Bu onun anıydı.

Nefes alarak bir an durakladı, sonra hızlı bir hareketle bacaklarını bir araya getirerek Ricky'nin boynunu bacaklarının arasına kilitledi.

Boğuldu ve uzaklaşmaya çalıştı ama işe yaramadı.

Becky kırmızı çantaya uzanıp bir bıçak çıkardı.

Kabzasını iki eliyle kavradı ve Ricky'nin başının üzerine kaldırdı.

Gevezelik etmeye devam etti ve bacaklarını açarak açarak açtı.

Ama bunu yapamadı.

Bıçağın kafasına düşmesine izin veremezdi.

Artık o an geldiğine göre, artık bir fantezi gibi görünmüyordu.

Bir kabus gibi hissettim.

O bir katil değildi.

Olmadığı bir şeye dönüşemezdi.

Onu içten içe öldürmüşlerdi ve o da bu yüzden onlardan nefret ediyordu ama soğukkanlılıkla öldürmek onu başka bir şeye dönüştürmüştü.

Bu onu onlardan daha az kılıyordu.

Becky, uyluklarının Ricky'nin kafasına yaptığı baskıyı serbest bıraktı.

Nefes nefese ve boynunu ovuşturarak tuzaktan çıktı.

"Çılgın kaltak" diye bağırdı. "Ne oynuyorsun?"

Becky, Ricky öfkesini tükürmeden önce silahı çoktan çantasına saklamıştı.

"Biraz sert bir şey denemek isteyebileceğini düşündüm," diye nefesi kesildi, sesindeki korkuyu gizlemek için elinden geleni yapıyordu.

Ricky bacaklarını ayırıp ayağa kalktı.

"Nefes alamadım!"

Becky elbisesiyle oynadı ve cam masadan kalktı.

Ayağa kalkarken Ricky'nin gözlerindeki şüphe ifadesini fark etti.

"Ah, hadi ama" dedi. "Biraz eğlenceliydi."

Kalbi göğsünün içinde çılgınca atarken gülümsemeyi sürdürmeyi başardı.

Ricky hiçbir şey söylemedi, gözlerinde bir tür aldatmaca arıyordu.

Eğer kadının onu öldürmeyi planladığını bilseydi, elleri kana bulanacak tek kişi o olurdu.

Becky ona doğru yürüdü ve yüzüne doğru eğildi.

Kızaran yanağını öptü ve kırmızı dudağını teninin üzerinde bıraktı.

"Bugünlük bu kadar yeter. Daha iyi ayrılırım" dedi.

Masanın üzerinden çantasını alıp kapıya doğru yürüdü.

Ricky'nin bakışlarını üzerinde hissedebiliyordu.

Delici.

Suçlayıcı.

"Bekle" dedi.

Becky durdu.

Kalbi dondu.

Yavaşça arkasını döndü.

Ricky'nin karanlık hatları, onun konuşmasını beklerken akvaryumdaki suyun parlak parıltısıyla çevrelenmişti.

"Paranı isteyeceksin" dedi.

Becky kaşlarını çattı.

"Ne parası?"

"En sevdiğim kızlara her zaman para öderim."

Becky gözlerini inceledi.

Ne yapıyordu?

"Daha önce hiç yapmamıştın."

"Bunu yapmamın zamanı geldi."

Masanın üzerinden bir çek defteri aldı.

Gömleğinin cebinden bir kalem çıkardı ve üzerine bir şeyler yazdı.

Onu Becky'ye getirdiğinde boynunun acıdığını hissetti.

Ricky ona çeki verdi.

Becky parayı aldı ve miktarına baktı.

Kırk bin dolar.

Solgunlaştı ve inanamayan gözlerle Ricky'ye baktı.

"Vadesi gelen hizmetler için" dedi.

Becky güçlü figüre baktı.

Kırk bin dolar.

İpoteğini ödeyecekti.

Yeni bir araba alabilirdi.

Suya çıkın.

Yeni kıyafetler satın alın.

Tasarımcı ayakkabılar.

Ricky, onun çeki incelemesini izlerken gülümsemiyordu.

Ona attığı bakış endişeliydi.

Becky endişeyle onun çelik mavisi gözlerine baktı.

Onu öldürmeye çalıştığını biliyordu.

Bunun bedelini ödüyordu.

Parayı al, beni rahat bırak, gelme.

Onu hayal kırıklığına uğratmak istemiyordu.

Gülümsemeyi başardı ve titreyen elinde hâlâ yeni servetini tutarken odadan çıkmak için döndü.

ÜÇLÜ OLMAK DAHA İYİ

Üçümüz kanepeye sarılmış, sevimsiz bir HBO filmi izliyorduk.

Ben ortadaydım, erkek arkadaşım Peter'a ve kanepenin diğer tarafına yaslanmış olan en yakın arkadaşı Ricky'ye yaslanmıştım.

Peter başını bize doğru çevirdi ve daha önce konuştuğumuz şeyi yapmaktan çekinmeyeceğini belirten bir yorumda bulundu.

Televizyona baktım ve bir kadının iki adamla istediğini yapmasını izledim.

Ricky kanepede biraz kıpırdandı.

eğlenceli olabilir gibi görünüyor ." Sadece ekrana bakarak dedim ve kıkırdadım.

Bir sonraki bildiğim şey, Peter'ın ellerini yanlarımda gezdirmeye başladığı ve gömleğimin alt kısmına uzanıp onu çekiştirdiğiydi.

Ricky biraz daha yaklaştı ve gözlerimin içine bakarken bacağımı ovuşturmaya başladı.

Sanki tüm vücudum hareket etmeden zıplıyormuş gibi hissettim.

Peter beni oturttu ve gömleğimi çıkardı; göğüslerim siyah dantel sutyenimin içindeydi, göğüs uçlarım sertti ve kumaşa doğru baskı yapıyordu.

Sonra vücudunu benimkine bastırdı, kollarını sırtıma doladı ve bileğinin bir hareketiyle göğüslerimi serbest bıraktı.

Ricky ellerini şortumun düğmesine doğru kaydırırken Peter göğüslerimi emmeye başladı.

Ricky şortumun düğmelerini çözüp onları kalçalarımdan ve bacaklarımdan aşağı çekerken ıslandığımı hissettim.

Külot giymemesi onu şaşırttı.

Ricky dudaklarını yaladı ve yüzünü ıslak kedime yaklaştırdı.

Dilinin dudaklarıma girip klitorisimi okşadığını, Peter'ın meme uçlarımı daha sert emmesine neden olduğunu hissettiğimde nefesim kesildi.

Ellerini pantolonuna kaydırdım ve onları çıkarmaya başladım.

Ricky'nin daha kolay ulaşabilmesi için bacaklarımı daha da uzattım.

Olanlar kafama yerleşmeye başlarken kalbim hızla çarpmaya başladı.

Ricky sırılsıklam amımı iştahla yalarken, pantolonunu çıkardı ve gönülsüzce geri çekilip gömleğini başının üzerinden geçirdi.

Ricky daha sonra kalçalarımı çekmeye başladı, kıçımı kanepenin kenarına doğru çekti, ayağa kalktı ve sert, zonklayan aletini dudaklarıma bastırmadan hemen önce gördüm, şişmiş klitorisimin uzunluğunu ovuşturdu .

Peter ayağa kalkınca gömleğini çıkardı ve bir kenara attı.

Daha sonra aletini yüzümden birkaç santim uzakta tutarak kanepeye tırmandı ve bacaklarından birini bacaklarımın üzerine koydu.

Ricky sikini amımın içine itip beni tamamen doldurduğunda inledim.

İçgüdüsel olarak penisinin etrafındaki tutuşumu sıkılaştırdım.

Dilimi çıkardım ve Peter'ın büyük aletinin ucunu okşadım, başımı öne doğru eğdim ve dudaklarımı şişmiş kafanın etrafına doladım.

Peter bir eliyle duvara yaslandı ve diğer elinin parmaklarını saçlarıma kaydırdı, ben onun aletini emerken yavaşça başımı yönlendirdi.

Ricky ellerini yanlarımda yukarı aşağı gezdirdi ve kalçalarımı yakalayıp beni düzerken beni hareketsiz tuttu.

Benim inlemelerim onunkilerin arasında kaybolmuştu.

Ricky'nin zonklayan sikini benim sıkı ıslak kedimin derinliklerine batırmasına karşı kalçalarımı sallamaya başladım.

Peter'ın uyluğunun içini izlemeye başladım, elimi onun sperm dolu toplarına götürdüm ve küçük elimde yuvarlanmalarına izin vererek onlara nazikçe masaj yapmaya başladım.

Tekrar inledim, ağzım tamamen Peter'ın sikiyle doldu.

Penisinin başının boğazımın arkasına dokunduğunu, dilimde precum tadını hissedebiliyordum.

Peter arkasına yaslandı, sert emmem yüzünden siki hâlâ zonkluyordu ve kanepeden inip elimi eline aldı.

Ayağa kalktım ve Ricky sikini heyecanlı amımdan çekti.

Peter beni yatak odasına götürdü, yatağa oturdu, ince kalçalarımdan tutup beni ters çevirdi.

Ricky önümde durdu, Peter kıçımı yanaklarıma yaarken sert aletini okşadı.

dar küçük deliğimin önüne yerleştirmeye yardım etti .

Peter'ın ıslak sikinin sıkı kıçıma baskı yaptığını hissettiğimde dizlerim göğüslerime baskı yaptı.

Onun horozu yavaşça kıçıma girdiğinde inledim.

Ricky bedenimin üst kısmını geriye doğru itti ve aletini tekrar amımın içine kaydırdı.

Kollarım beni desteklerken, kıçım ve amım horozla doluyken, arkama yaslanıp yüksek sesle inledim ve alt dudağımı ısırdım.

Çifte penetrasyondan kaynaklanan acı ve zevk neredeyse başa çıkılamayacak kadar fazlaydı.

Peter sekiz inçlik aletini kıçımın derinliklerine kaydırdı, tamamen doldurdu ve sonra kalçalarını hareket ettirmeye başladı.

Elleri göğsümün etrafında göğüslerime masaj yapıyordu.

Ricky öfkeyle benim sıcak, ıslak kedime pompaladı.

Nefes alması zorlaştı ve kalçalarımdaki elleri beni olduğu yerde tuttu.

Kendi doruğumun oluşmaya başladığını hissederek her ikisinin de siklerinin etrafına sıkıca sarıldım.

Ben sıktığımda Peter'ın siki kıçımın içinde şişti ve o da inleyerek beni daha hızlı sikmeye başladı.

Ricky gözlerini kapattı ve onu sürekli olarak amımın içine pompalarken, sikinde o tanıdık sıcaklığı hissetmeye başladı.

Neredeyse her nefeste inliyor, içimde patladıklarını hissetmek istiyordum.

Daha çok sıktım.

patlayıp kıçımı kalın spermiyle doldururken Peter'ın vücudu altımda sallanmaya başladı .

Onun inlemeleri Ricky'nin ve benimkilere karışıyordu.

Doruk noktası zirveye ulaştığında kollarını sıkıca göğsümün etrafına doladı, sikini dar kıçıma girip çıkarken pompaladı.

Peter kıçıma girdiğinde, kendi doruğumun vücudumu gerginleştirmeye başladığını ve amımın Ricky'nin boşalma dolu horozunun etrafında kasıldığını hissettim.

Kalçalarımı Ricky'nin hareketleriyle aynı ritimde hareket ettirmeye başladım, onun sikinin etrafına boşalmak istiyordum.

Başımı geriye attım ve o kadar yüksek sesle inledim ki, her deliğimde bir horoz varken doruğa çıktığımda neredeyse çığlık atıyordum.

Ricky daha fazla dayanamadı, serbest kaldı ve amımı kendi spermiyle doldurdu.

İkimiz de titriyorduk, vuruşlarımız yavaşladı, inlemelerimiz yumuşadı, zirvelerimiz azaldı.

Ricky öne doğru eğildi, beni usulca öptü ve sikini amımdan çıkarırken gülümsedi ve yataktan kalkmama yardım etti.

Peter hızla ayağa kalktı, arkamda durdu, kollarını belime doladı ve yanağımı öptü.

Gülmeler arasında şunları söyledi:

"Evet, eğlenceliydi aslında... "

SON